KB116711

제주 사는 우리 엄마
복희 씨

제주 사는 우리 엄마 복희 씨

1판 1쇄 인쇄 2020.10.1.
1판 1쇄 발행 2020.10.10.

지은이 김비 · 박조건형

발행인 고세규
편집 길은수 디자인 조은아 마케팅 김새로미 홍보 반재서
발행처 김영사
등록 1979년 5월 17일 (제406-2003-036호)
주소 경기도 파주시 문발로 197(문발동) 우편번호 10881
전화 마케팅부 031)955-3100, 편집부 031)955-3200 | 팩스 031)955-3111

값은 뒤표지에 있습니다.
ISBN 978-89-349-8663-8 03810

좋은 독자가 좋은 책을 만듭니다.
김영사는 독자 여러분의 의견에 항상 귀 기울이고 있습니다.
홈페이지 www.gimmyoung.com 블로그 blog.naver.com/gybook
페이스북 facebook.com/gybooks 이메일 bestbook@gimmyoung.com

이 도서의 국립중앙도서관 출판시도서목록(CIP)은 서지정보유통지원시스템 홈페이지
(http://seoji.nl.go.kr)와 국가자료공동목록시스템(http://www.nl.go.kr/kolisnet)에서
이용하실 수 있습니다.(CIP제어번호 : CIP2020040149)

김비 글
박조건형 그림

제주 사는 우리 엄마 복희 씨

복희 씨와 헤어질 때 절대 울지 말아야지

김영사

일러두기

- 화자의 입말 중 일부는 소리 나는 대로 표기하였습니다.
- 그림 속 손글씨는 맞춤법과 별개로 원본을 유지하였습니다.

숨어 있는 시간을 들춰보는 일

오래도록 제주를 그리워하지 못했다. 나의 지도에 제주는 사라지고 없었다. 그리워하지 못했다는 말만큼 그리움이 묻은 말이 또 있을까? 내 안에 제주는 부유하는 섬이었다. 떠나보낸 것이었고 내 앞에 흘러오지 않는 것이었다. 다시는 제주로 돌아가지 않겠다고 다짐하고서 나는 섬을 등지고 떠나왔다. 벌써 십일 년 전 일이다.

“뭐, 어디 이사가요?” 신랑은 쌓인 상자더미를 가리키며 투덜댔다.

"어차피 놔두고 가면 다 썩어요!"

"코딱지만 한 자동차에 이게 다 들어가냐고요!"

신랑 얼굴에 짜증이 덕지덕지 묻었지만, 나는 애써 외면했다. 제주로 택배를 시키면 추가되는 비용 삼천 원을 아끼려고 미리 배송시킨 상자들과 냉장고 속 썩어 없어질 야채들까지 욱여넣고 나니 자동차 안은 두 사람 앉을 자리밖에 없었다.

제주에서 두 달 살이. 왜 하필 두 달이었는지 신랑도 나도 기억하지 못한다. 한 달의 긴 이름이라 두 달이었는지, 백 일보다 가벼운 이름이라 육십 일이었는지. 그와 나는 어느새 두 달 살이의 짐 꾸러미 앞에서 애쓰고 있었다.

혼자가 된 복희 씨가 걱정되기도 했고, 이십구 년 우울증 살이 중 유난히 깊은 우울을 벌써 일 년 가까이 견디고 있는 신랑에게 도움이 될지도 모른다고도 생각했다. 하지만 정작 나는 내가 제주에서 도망쳐왔다는 사실을 까마득히 잊고 있었다.

계획을 세우고 짐을 꾸리고 나니 지웠던 날들이 소르르 내 앞에 흘러왔다. 숨어 있던 시간이었다.

승선권개찰권
성명
성별
생년월일
비상연락처
김비
여
녹동 ▶ 제주
2020-04-23
09:00
승선권
성명
성별
생년월일
비상연락처
김비
여
녹동 ▶ 제주
2020-04-23
09:00
아리온제주
3등객실

녹동에서 제주가는 티켓.

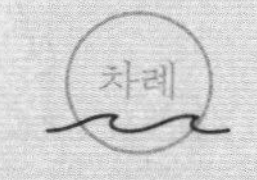

열넷. 한라산을 알고 있습니까?

열다섯. 동광리 그리고 의귀리 마을에서

열여섯. 울지 않고 헤어지기

하나.

제주에

신랑은 저공비행 중

나는 배를 타고 제주에 간다. 이십여 년 전 경기도에 살 때부터 그랬다. 내 생모인 복희 씨가 제주에 살고 있으니 싸고 지고 갈 물건이 적어 편히 오갈 수 있을 것 같았는데 그렇지 않았다. 복희 씨의 짐은 복희 씨의 짐이고, 나의 짐은 나의 짐이었다. 둘이 함께 쓸 수 있는 짐은 있으나 마나 한 것들뿐이었다.

제주에 갈 때 인천에서 배를 타면 열서너 시간, 목포에서 배를 타면 대여섯 시간, 완도에서 배를 타면 서너 시간. 바다는 결코 정확한 시간을 허락하지 않는다. 바다의 시

아리온 제주
목포
개별차들 승선 하길
기다리는 화물차들.
녹동항에서 우리차를 배에 싣는 장면.

간은 흘러가듯 기다리면 닿게 해주고, 애태우면 더 멀리 밀어낸다.

북쪽에서 내려오든 동쪽에서 내려오든 가까이에서 오든 멀리서 오든, 비행기를 타지 않는 이상 바다가 허락해야 제주에 갈 수 있다. 인류의 역사가 왜 그토록 오랜 시간 바다 앞에 머리를 조아려야 했는지, 바다를 건너보면 알게 된다. 아무리 큰 배도, 그 어떤 거대한 꿈도, 바다 위에 몸을 실으면 사소해지고 만다.

신랑과 제주를 다녀간 적은 있지만, 근 십여 년 동안은 단 한 번도 그곳에 사는 복희 씨를 찾아가진 않았다. 그의 집은 제주 동쪽 끝 구좌에 있고, 당시 우리는 정반대 편인 제주 서쪽 협재 근처에 머물다가 배를 타고 돌아갔다. 이미 지워버린 시간에 관해 신랑에게 많은 이야기를 하지 않았고, 그 역시 많은 걸 묻지 않았다. 겨우 이 년 전 복희 씨에게 신랑을 처음 소개했을 때도 우린 많은 이야기를 나누지 않았다. 타는 더위에 숨을 헐떡이며 새까매진 얼굴을 서로에게 보여주다가 우리만 도망치듯 육지로 돌아온 것이 전부였다.

상태가 괜찮을 때 신랑은 "안 될 게 뭐 있냐"는 긍정의 말을 입에 달고 사는데, 우울증이 심해지면 쉽게 겁에 질리고 만다. 이번에도 그는 "과연 제주에서 두 달을 제대로 살아낼 수 있을지 모르겠다"라고 털어놓았다. 복희 씨 앞에서 자신의 못난 모습을 드러내는 일이 끔찍한지, 별도 없는 방구석에서 그의 얼굴은 새카맣게 탔다. 제주로 떠나기도 전에.

높이 날아오르려 애쓰지 말고, 낮게 천천히 나는 중이라 생각하라고 했지만 그는 자꾸 큰 날개를 접으려고만 했다. 불어오는 바람을 탈 필요도 없이 날개만 펴면 되는데 날개를 감추고서 날개가 없다고만 했다.

드로잉 작가로 사는 실험을 이제 그만 접고 이번 여행이 끝나면 다시 현장 노동자의 삶으로 돌아가겠다고 그는 말했다. 나는 그러라고 했다. 다시 또 그곳에서 낮고 느린 비행을 시작하면 되는 일이라고.

너울을 타며 먹는 라면 한 그릇

우리는 고흥에서 출발하는 배를 탔다. 아무리 평일이라도 관광객 서넛쯤 보일 법도 한데, 마스크를 쓴 이십여 명 모두 관광이 아니라 먹고살기 위해 바다를 건너는 차림새였다. 그들에게 우리 둘은 관광객처럼 보였을까? 먹고살기 위해 바다를 건너는 사람 같았을까? 제주에서 두 달을 살겠다는 마음은 여행일까? 먹고사는 일일까?

평소 같으면 반 이상 찼을, 지금은 텅 빈 삼등 객실에 가져온 돗자리를 펴고 앉으니 기분이 묘했다. 어젯밤 뉴스에서도 총리는 강도 높은 사회적 거리두기를 당부했고 이상기후로 강풍이 불고 눈발이 날린 곳도 있다는데, 우린 개의치 않고 그저 돗자리 위에 피곤한 몸을 눕힐 뿐이었다. 심상치 않은 파도가 거대한 배를 기우뚱기우뚱 떠밀고 있었다. 텅 빈 삼등 객실에서 마음껏 몸을 구르며 넓은 공간을 만끽해도 되는데 우린 여전히 좁은 돗자리 위에 갇혀 있었다.

파도가 높을 때엔 무조건 바닥에 누울 것. 가능하다면 잠이 들 것. 여러 뱃길 여행이 가르쳐준 요령이다. 오르내리는 바닥에 몸을 싣고 파도에 흔들리며 요즘 시대에 누구나 그러하듯 휴대전화 화면에 몰두했다. 등지고 누운 신랑은 운전 때문에 피곤한지 눈을 감고 배가 흔들릴 때마다 발가락 끝에 힘을 주었다. 그래도 열서너 시간이 걸리는 긴 뱃길이 아니어서 그나마 다행이었다.

복희 씨에게 전화를 걸어도 계속 불통이고 제주에 가까이 다가갈수록 바람은 더욱 거세졌다. 부스스 몸을 일으킨 우리는 약속이나 한 듯 허기진 서로의 눈을 들여다보았다.

“라면이 얼마였죠?”

배
안에서
먹은
적당한 꼬들기의
라면.

"오천 원이요."

"삼천 원만 해도 좋았을 텐데…."

"그래도 먹긴 먹어야죠. 배에서 내려 다시 운전해 목적지까지 가려면 시간이 꽤 걸릴 텐데…."

"그렇죠? 지금은 괜찮아도 나중을 생각해야겠죠?"

파도 때문에 라면을 주문받는 사장님이 휘청거렸고 우리도 의자에 앉으며 휘청거렸다. 돌아서는 사장님의 비스듬히 기울어진 뒷모습을 보며 뜨거운 라면 국물조차 제대로 넘길 수 있을지 걱정이 들었다. 잠시 후 사장님이 라면을 쟁반 위에 들고 돌아왔는데, 스테인리스 그릇은 테이블을 덮은 비닐에 들러붙어 조금도 미끄러지지 않았다. 당연하게도 배 위에서 먹고사는 일에는 그들만의 방식이 있는 모양이다.

바다의 너울을 따라 작고 동그란 그릇 속에도 빨간 라면 국물의 너울이 일었다. 하지만 밖으로 넘치진 않았다. 쟁반 위에서 숟가락과 젓가락이 이리저리 구르며 짤랑짤랑 소리를 냈지만 신경 쓰는 사람은 없었다. 똑같은 라면일 텐데 사장님만의 조리 비법이 있는지 맛이 정말 특별

했다. 특별하지 않아서 더욱 특별하게 느껴지는 맛이었다. 오천 원이 비싸다는 생각은 말끔히 지워졌다. 한라산 진달래밭대피소에서 먹은 사발면 한 그릇의 다디단 국물 맛을 기억하지만, 그때처럼 분위기가 더해진 맛이라고만 하기엔 부족할 만큼 정말 남다른 맛이었다.

단무지를 가지러 가는 신랑의 뒷모습이 사선으로 기울었다. 단무지를 건네는 사장님의 손길도 기울었다. 나는 출렁거리는 배 위에서 라면 그릇을 두 손에 움켜쥔 채 먹어치웠다. 위태로웠지만 근사한 한 끼였다.

둘.

만남은

호텔도 아니고, 리조트도 아니고,
촌집에 산다는 것

새로운 집에 사는 일은, 온전히 건물 한 채만의 문제가 아니다. 새로운 공간에서 새로운 일상을 시작하는 일은 결코 이전과 같을 수 없다. 평온이란 고요가 아니며, 평범이란 나 혼자만의 힘으로 이룰 수 있는 것이 아님을 우린 멀리 떠나와서야 깨우친다.

제주에서 두 달 살이를 하겠다고 마음먹는 일은 복희 씨 덕분에 어렵지 않았다. 가뜩이나 위태로운 시기에 "복희 씨 걱정 어쩌고" 하는 말은 핑계였는지도 모른다. 비용이 들지 않는 숙소가 있고 끼니까지 챙겨주는 사람도 있으니 마음만 먹으면 언제든 원하는 만큼 제주에 머물 수 있는 일이었다. 복희 씨가 제주에 없다면 제주 살이는 쉬이 결정할 수 없을 일이었다.

하지만 짐을 잔뜩 실은 자동차가 마침내 복희 씨 집 앞에 도착했을 때, "뭐 이런 걸 다 가지고 왔냐!"는 타박을 들었을 때, 우리 셋의 동거가 생각만큼 쉽지 않을 수도 있다는 사실을 뒤늦게 깨우쳤다. 간단한 다짐 몇 번으로 해결되지 않을까 싶었는데 당장 문제가 도드라졌다. 몇 십 년을 묵은 외관에 덜렁거리기까지 하는 대문을 떼어내는 일까지는 신랑이 피곤한 몸을 이끌고 해냈는데, 우리가 두 달 동안 머무를 방의 보일러가 작동하지 않았다.

육지에서 자식 새끼 중 어느 누구도 찾아오지 않는 집에서 살아온 두 양반은 겨울에도 밤에만, 그것도 안방에만 보일러 불을 켜 추위를 버티고 나머지 방에는 제대로 난방을 한 적이 없었다. 보일러 기름 쓰는 일을 큰일 날 일로 아는 가난한 집 늙은 양반들은 추운 날에도 주로 전기 장판으로 버티며 겨울을 나고 그것이 당연하다고 생각했다. '돈이 있고 없고'의 문제가 아니었다. 왜 노인 양

반들은 가난하게 살아왔으니 영원히 그렇게 살아야 한다고 믿는 걸까?

복희 씨는 "춥긴 뭐가 춥냐!"라며 냉골이 된 방에 이불 두 겹을 깔았다. 나는 멀쩡하던 보일러를 제대로 쓰지 않아 왜 이렇게 망가뜨리냐고 중얼거렸지만, 그에겐 '아끼는 일'이 곧 '잘 쓰는 일'이었다. 몇 시간을 켜두어도 보일러는 안방 바닥만을 미지근하게 데울 뿐 축축한 냉기조차 지우지 못했다. 게다가 이상저온현상으로 휘몰아치는 제주의 늦봄 바람은 피곤한 우리 몸을 잔뜩 오그라들게 했다.

도대체 멀쩡한 보일러를 왜 이렇게 망가뜨렸냐고 싹퉁머리 없는 소리를 내뱉으려는데 말없이 곁에 앉아 있던 신랑이 내 무릎을 쿡쿡 찌르며 조용히 말했다.

"우리 드라이브나 갔다 옵시다."

푸르고 푸른 바다 앞에서

복희 씨가 부끄럽기도 했고, 힘들게 얻은 사위 대접이 이 정도인 것도 미안했다. 가난한 것들이라서 고작 이것밖에 안 되는 여행을 한다는 생각에 숨이 턱턱 막혔지만, 새카만 바다뿐인 해안도로에 들어서며 머릿속도 새카맣게 지워버렸다. 쓸데없는 감정 낭비가 얼마나 많은 걸 망치는지 안다. 미안하다는 감정을 앞세워 복희 씨에게 하려던 분풀이를 신랑에게 하는 일은 그야말로 제 발등을 찍는 일.

"옷 가게가 문을 이 시간까지 열었을까요?"
"그래도 가봅시다, 드라이브하는 셈치고."

멀지 않은 월정리에 SPA브랜드 아웃렛이 들어섰다는 이야기가 떠올라 우리는 도톰한 옷가지라도 사려고 그쪽으로 향했다.

불빛 하나 없는 제주 해안도로의 밤은 아름다움이 아니라 공포에 가깝다. 새카만 밤이 아름답다고 말하려면 암흑 속에서 겁에 질리지 않아야 하는데, 우린 누가 보아도 겁에 질린 두 사람이었다. 달빛이나 별빛조차 없는 새카만 밤 속에 우린 심해어처럼 제자리만 맴도는 생물이었다. 어디로 가든 어디에 있든, 숨어 있거나 헤매기만 하는 목숨들.

오로지 내비게이션의 푸른 화살표를 따라 자동차를 몰았다. 해안가의 불빛들이 추락한 별처럼 드문드문 뒹굴었다. 목적지에 도착했지만 어디에도 우리를 위해 열린 문은 없었다. 어둠 속에서 폐허 같은 신축 건물 앞을 서성거리다가 다시 암흑 속을 돌고 돌아 집으로 돌아왔다. 냉기와 습기로 가득한 방 안에서 서로의 온기를 지렛대

건

삼아 제주의 첫날 밤을 밀어올렸다.

겨울인지 봄인지 모를 다음 날 아침, 우린 제일 먼저 어제 갔던 월정리 해안가로 다시 자동차를 몰았다. 이번에는 내비게이션의 푸른 화살표가 아닌, 두 눈으로 길을 찾으며 똑같은 옷 가게 앞에 섰지만 여전히 문은 닫혀 있었다. 개점 시간까지 십오 분이 남았고 우린 시린 바닷바람에 오들오들 떨며 기다려야 했다. 추위에 오그라든 몸으로 가게 앞 의자에 앉으니 새파란 월정리 바다가 그제야 눈에 들어왔다.

'아, 바다…. 파아란 바다.'

어제 우린 이토록 아름다운 바다를 곁에 두고도 보지 못했던 걸까? 신랑은 시리도록 투명한 바다를 눈앞에 두고도 오들오들 떨며 의자에만 앉아 있고 나는 혼자서 바다 쪽으로 몇 걸음 더 나아갔다. 오직 바다만 알고 있는 푸른빛 앞에 섰다.

숙제하듯 살더라도, 살아요

제주에서의 두 달 살이는 여행이면서 삶이어야 했다. 일단 신랑은 출판하기로 한 책에 실릴 그림을 그려야 했고, 나 또한 일간지에 연재하는 칼럼과 출판하기로 한 책의 원고를 계속 써야 했다. 그렇다면 일의 시간과 여행의 시간을 분리하는 일이 먼저.

집에서도 그랬듯이 작업하는 날의 하루 일과는 변함없이 오전 작업, 오후 작업, 그사이 넉넉한 점심 시간. 일주일 단위 계획으로는 이틀 작업하고 하루 여행, 다시 이틀 작업하고 가까운 곳으로 여행 그리고 하루 휴일.

작업하는 박조.

두 달 동안 제주를 속속들이 파헤치고 기록하는 일은 처음부터 우리 몫이 아니라고 생각했다. 단순히 여행을 하기보단 우리 삶에서 설렘을 되찾고 싶었다. 여행이든 삶이든 언젠가 우리가 잃어버렸을 설렘을 여기에서는 되찾을 수 있지 않을까, 기대하면서.

집에서 일 년 가까이 그림 한 장 그리지 않고 우울과 무기력 속에 파묻혔던 신랑은 제주에서 처음 이틀은 구겨진 얼굴로 몸부림과 짜증을 쏟아내기만 했다. 그러다가 마침내 차갑고 축축한 방구석에 낮은 테이블을 펴고 그 앞에 앉았다.

그토록 오래 그림을 그리지 않았는데 제대로 작업할 수 있을지 걱정했지만 그가 억지로 그린 뒤 건넨 그림 한 장을 받고서 내 심장은 크게 뛰었다. 제주에서 느낀 첫 번째 설렘이었다.

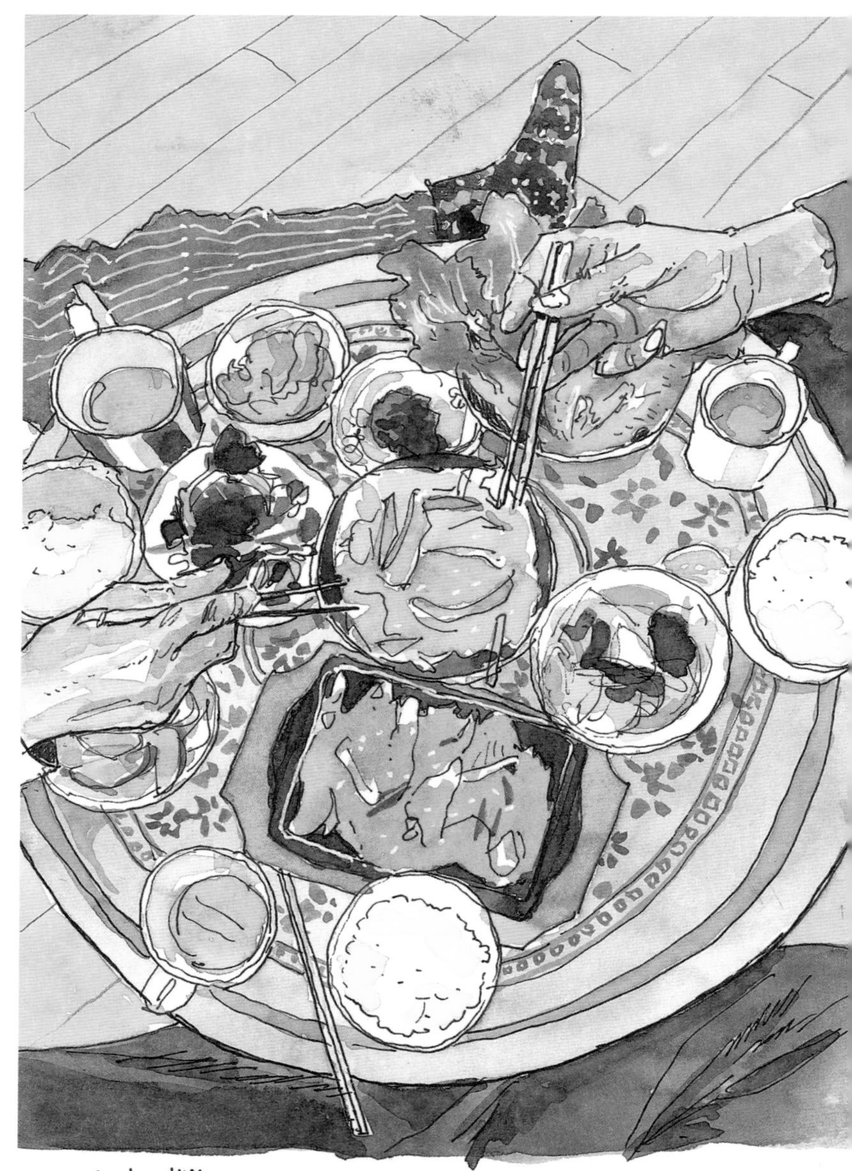

식사.

기다림과 믿음의 시간

“아, 월요일에요? 지역마다 배송 요일이 정해져 있는 거예요? 네, 알겠습니다. 월요일엔 꼭 갖다주세요.”

촌집에서 살기 위해 우린 몸의 자세부터 바꾸어야 했다. 식탁 위에서 먹고 소파 위에서 쉬는 우리에게 촌집의 좌식 생활은 쉽지 않았다. 마루에 붙은 방의 크기가 너무 작은 것은 그렇다 쳐도, 신랑이나 나나 큰 몸을 제대로 쉬이거나 작업할 곳이 마땅치 않았다. 그래서 육지에서 미리 접이식 테이블을 제주로 배송시켰는데 배송 날짜가

자꾸 미뤄졌다. 혹시나 하는 마음에 업체에 전화하니 "구좌에는 월요일에 가요"라는 답이 돌아왔다.

익일 배송은 당연한 일이고 마술 같은 새벽 배송까지 가능해진 도시에서 살다 오면 제주의 삶은 기다림과 믿음의 시간이라는 걸 알게 된다. 왜 정확하지 않냐고 따져 묻는 일은 '육지 것들의 배부른 소리'에 불과하다. 느리고 흐릿한 제주의 시간은 몸을 내맡긴 채 너울을 타고 건너온 바다의 시간과 무척 닮아 있었다.

필요한 것들의 목록을 적은 뒤 들른 제주 시내 대형마트도 별 수 없었다. 우리가 찾는 물건은 방 안에서 쓸 작은 행어로 '350번' 스티커가 붙은 상품이었다. 하지만 아무리 열심히 찾아도 350번은 보이지 않고 그보다 조금 큰 351번 행어만 여러 개였다. '대충 가지고 갈까?' 하며 고민하다가 점원에게 물으니 그는 어딘가에 전화했다. 그리고 오늘 들어온 행어 중에 350번이 있냐고 묻더니 이렇게 말했다. "하나가 들어왔다고요? 예, 예."

점원은 우리에게 오 분만 기다려달라고 말했고 마침내 오늘 대형마트에 하나 들어온 350번 행어가 우리 손에 들어왔다. 내가 물건을 선택하는 것이 아니라 물건이 '감사하게도' 우리를 선택한 기묘한 느낌.

안타깝게도 우리를 선택해주지 않은 물건도 있었다. 방의 냉기라도 지우려 작은 전기 스토브를 찾아 제주 시내 대형마트를 모조리 뒤졌지만 어디에서도 마땅한 물건을 구할 수 없었다. 제주 시내뿐만 아니라 섬 어디에서도 찾기 쉽지 않은 물건이 있다니. 섬 속에서의 협소한 살이가 단박에 실감났다.

생활이 이따금 구질구질해질 때가 있다. 제주라고 다를 것 없다. 어떤 여행이든 필요한 것을 찾아 헤매고, 못쓰게 된 것은 버리고, 수북이 쌓이는 생활의 찌꺼기와 같이 산다. 예상치 않은 시공간에 들어가 가능한 것과 가능하지 않은 것 사이에서 너울을 타야 할 때, 바로 그때 여행을 배운다. 삶을 배운다.

"이천오백 원 가격표 국, 잘 먹었습니다"

멀리 제주 시내까지 나갔으니 오늘은 따스한 방에서 잘 수 있으리란 기대는 여지없이 무너졌다. 서로의 온기에 기대어 냉혹한 밤을 버티고 나온 아침, 복희 씨는 사골 국물로 끓인 미역국 사발을 내밀었다.

"새 걸 사서 뭐하냐?" 지난 저녁, 밥상 위 얼룩덜룩한 자국이 지워지지 않은 그릇들에 손가락질하는 나에게 복희 씨는 그렇게 말했다. 그러더니 오늘 아침엔 찬장에서 새 그릇을 찾았다며 함박 웃었다. 새 그릇이 없는 줄 알았는데 찾아보니 사다놓은 그릇들이 쏟아져내리더라고.

새 그릇에, 뽀얗고 맛난 국물에, 신랑이나 나나 얼었던 몸이 녹아내렸다. 방이 냉골이라는 핑계로 며칠 싹수없는 자식 새끼 노릇을 톡톡하게 한 것이 죄송해 십여 년 동안 전하지 못한 친구들 이야기이며, 사는 이야기를 그제야 복희 씨와 주고받았다.

"국어 선생, 알지요? 걔네 아버님이 위암에 걸리셨대요. 그래서 수술받으셔야 한다고."

"약이 좋아져서 요즘 위암은 암도 아니라 하더라."

"영래는 기억해요? 홍석천 같은 사람이라고 내가 그랬죠? 걔네 커플이 벌써 십 년째 같이 잘 살고 있거든요."

"응, 응, 알지! 마음 맞는 사람끼리 잘 살면 되지. 그런 거 요즘 세상에 흉도 아니더라!"

복희 씨와 나눈 대화는 위태롭게 줄을 탔지만 묘하게 사람을 푸근하게 하는 구석이 있었다. 버리거나 버림받지 않고서 평생토록 가족과 같이 산 사람들은 이런 기분을 매일 느끼며 살까?

신랑과 엄마와 내가 둘러 앉은 밥상이 아침 햇살 덕분

인지 조금은 따스하게 느껴졌다. 뜨거운 국을 맛나게 먹는 신랑을 곁에서 보니 이제야 비로소 밥상 앞에 같이 앉는 온기가 무엇인지 알 것 같았다. 괜히 코끝이 시큰해 사발 그릇을 통째로 들고 뜨거운 국물을 들이켜는데, 한 숟가락 남은 사골 국물 아래 네모난 종이 조각 하나가 슬며시 고개를 들었다.

"엄마, 가격표 안 뗐어요? 내가 못산다, 정말!"

언제 샀는지도 모를 만큼 먼지 잔뜩 앉은 가격표가 잘 우러난 국물을, 나도 신랑도 이미 맛있게 들이켠 후였다. 다시 또 복희 씨를 향해 버럭 소리를 지르려는데 이상하게 웃음이 먼저 터졌다.

"아, 떼고 먹어!"

부엌 안에서 복희 씨는 껄껄 웃으며 그렇게 소리쳤다. 그뿐이었다. 차가운 바람도 오늘은 잠들었는지 문밖에서 따스한 기운이 솔솔 밀려들었다.

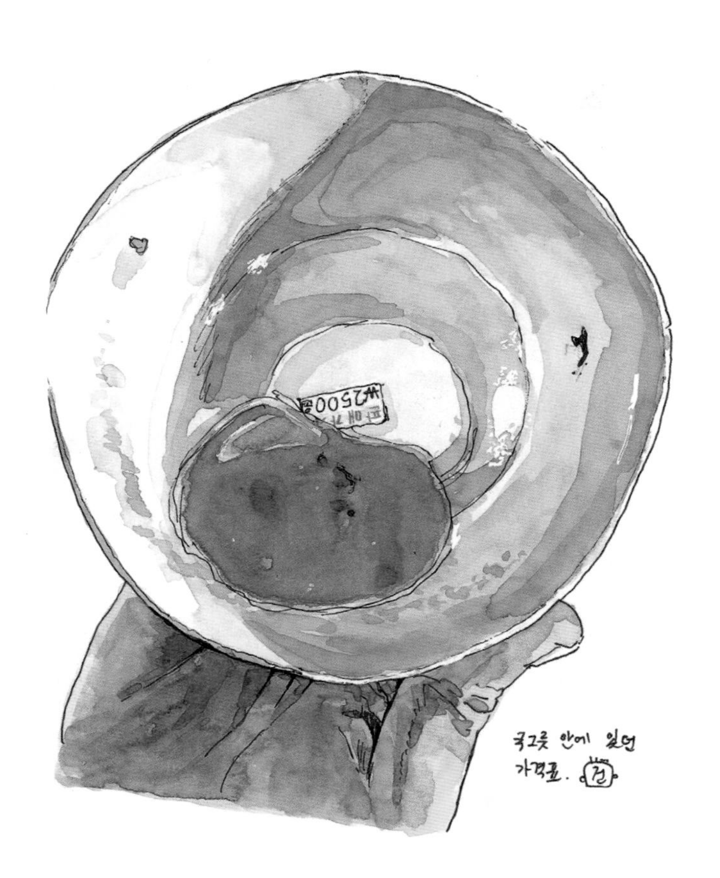
₩2500
국그릇 안에 있던
가격표.

세상에서 제일 작은 옥상 위,
책 한 권, 커피 한 잔, 보일락 말락 바다

두 달 살이의 첫 번째 일요일. 신랑에게 일요일마다 완벽한 자유를 주겠다고 약속했다. 사랑한다고 모든 걸 같이 해야 하는 것은 아니듯, 같이 여행한다고 모든 순간 함께해야 한다고 믿지 않는다. 오늘 하루만큼은 신랑 곁에서, 그의 시야에서 완벽히 사라져주리라 다짐했다. 어쩌면 나 역시 그에게서 하루쯤 완벽히 사라지고 싶은 건지도.

제주 촌집에는 보통 옥상이 없지만 복희 씨 집에는 아

주 작은 옥상이 있다. 이십여 년 전 복희 씨가 제주에 이사를 온 뒤 화장실 건물을 따로 지었는데 바로 그 건물 위 옥상이다. 사실 옥상이라고까지 표현하기 어려울 정도로 그저 '시멘트 건물 위 작은 공간'이지만, 건물 옆에 나무 사다리 두 개를 포개 세운 뒤 시멘트로 고정해 작은 계단을 만들며 그곳은 옥상이 되었다. 십일 년 전 도망치듯 제주로 왔을 때, 나를 위해 그 작은 옥상으로 올라갈 수 있도록 계단을 만든 사람이 있었다.

뜨거운 한 여름이던 그 당시 옥상은 불에 덴 것같이 달아올라 앉기도 힘들었는데 예상치 못했던 차가운 바람이 부는 날, 온돌처럼 달아오른 옥상 위는 정말 안락했다. 머리 위에서 쏟아지는 햇살도 따스하고 작은 옥상 위 사방을 가로막은 여러 지붕들 덕분에 비껴가는 바람도 어쩐지 포근하게 두 뺨에 와닿았다.

오늘은 글쓰기 작업을 하지 않는 날이니 커피 한 잔을 들고, 오랫동안 읽지 못하던 책 한 권을 태블릿 PC 속에서 펼쳤다. 책 첫 장의 제목은 〈겉모습에 속지 않도록〉이었다.

옥상에서 돗자리 깔고 책 읽는 짝지.

셋.

오일장으로

자식 새끼가 아니라
물고기 밥을 위하여

복희 씨에게 우리와 같이 가고 싶은 곳이 어디냐고 물으니 대답의 첫마디가 '오일장'이었다. 물고기 밥 때문이었다. 마당에 만든 인공 연못에 사는 물고기들 밥을 바로 그 오일장에서만 판다고 했다. '엄마'라는 족속들은 어쩜 그렇게 살아 있는 모든 것의 밥에만 관심 있는지. "너희들 장 구경도 하고." 물고기 밥 이야기 끝에 그렇게 덧붙이긴 했지만 어쨌거나 우리는 물고기 다음 순위였다.

멀리 나가면 최소한 남 부끄럽지 않게 차려입으면 좋으

오일장
제주시민속오일시장
오일장은 오전이고
평일 임에도 사람이
무지 많았다.

련만 복희 씨의 옷차림은 정체를 알 수 없는, 파격 그 자체였다. 표범 무늬 야구 모자에, 경기도 이천시 장호원 장에서 샀다는 오천 원짜리 점퍼, 엉덩이 쪽이 미어지도록 입고 또 입은 등산 바지. 오늘 복희 씨의 장 패션이었다.

처지도 모르고 명품을 몸에 둘둘 감은 엄마도 감당하기 힘들지만, 옷 구입에 쓰는 금액이 만 원만 넘어도 큰일 나는 줄 아는 엄마 역시 감당하기 쉽지 않기는 마찬가지다. 제발 옷 좀 사자고 말해도 돌아오는 말은 "언제 죽을지도 모르는 늙은이가 옷을 쌓아두면 뭐할 거냐!"는 뻔하디 뻔한 '쌓아두는' 타령.

"엄마, 그래도 속옷은 좀 입어요. 젖가슴도 없는 양반이…."

"지랄을 헌다! 남들 눈이 뭔 소용이냐? 나 편하게 살면 되는 일이지! 상관 말어!"

복희 씨는 판판한 가슴을 더 활짝 펴며 오천 원짜리 봄 점퍼의 지퍼를 "지익" 끌어올릴 뿐이었다.

버스를 타고 제주 시내까지 오가는 일이 힘들어 자주 가지 않다 보니 시내 나가는 일이 참 오랜만이라고 복희 씨는 말했다. 꽃구경이라도 가는 사람처럼 복희 씨는 연신 창밖을 기웃거렸다. 오늘따라 선명하게 보이는 한라산을 가리키며 "저거 봐라, 저 산이 이 섬을 만든 게 아니냐? 저 화산에서 용암이 터지고 흘러 사람들이 이렇게 들러붙어 살고 있으니 요지경이지 않으냐?"라고 이해할 듯 말 듯한 이야기를 풀어놓고는 몸을 흔들흔들 콧노래를 흥얼흥얼. 월정리 바닷가를 가리키며 여기가 다 모래밭과 당근 밭이었는데 요즘은 구경하기 쉽지 않다며 다시 또 묻지도 않은 이야기를 혼자만 중얼중얼.

왜 나이가 들면 말의 앞뒤가 사라지고 노래를 닮아 갈까? 노래를 듣는 기분으로 나는 대답 같지 않은 대답으로 추임새를 넣고 운전대를 잡은 신랑은 고집스러운 침묵으로 베이스를 깐다. 늦은 봄날, 삼중창. 그렇게 첫 나들이.

한라산

"여기 봐라, 신기한 것 많제?"

서로 거리를 확인해야 하는 시절이라지만 장터에서는 쉽지 않은 일이었다. 게다가 오 일마다 서는 장터에는 파는 사람이나 사는 사람이나 지나치는 사람들과 부딪히는 일을 각오해야 한다.

제주시민속오일시장은 매달 오 일, 십 일마다 열리고 특히 오늘은 이상저온현상마저 잦아든 날씨여서인지 시장 입구부터 차량이 잔뜩 늘어서 있었다. 마음 같아서는 당장 돌아가고 싶었지만 그래도 오일장에만 판다는 '그놈의 물고기 밥'을 사야 하니.

수많은 자동차들을 꾸역꾸역 비집고 들어가 주차하고 마스크를 단단히 썼다. 시장에 들어서니 달라진 풍경이 눈에 들어왔다. 예전에는 할머니들의 좌판이 곳곳에 마구잡이로 펼쳐져 있었는데, 이제 좌판을 펼칠 수 있는 공간이 한 곳에 마련되어 있었다. 나란히 모여 앉아 있는 일이 할머니들에게도 좋은 일일까? 문득 궁금했지만 사는 사람 입장에서는 장터가 가지런히 정돈되어 물건을 비교하며 고를 수 있으니 좋은 일이긴 했다.

복희 씨는 이곳 오일장에 처음 온 사위에게 구경시키려는 마음이었는지, 우리를 이끌고 오일장 이곳저곳 돌아다녔다. 사지도 않을 거면서 양파 망을 찔러보고 고구마 상자를 들여다보고 불이 유난히 환하게 켜진 과일 가게 앞에서 한참을 서 있기도 했다.

그러다가 한 가게 안으로 망설임 없이 들어서더니 벽에 늘어진 금속 줄의 길이와 굵기를 가늠하며 가게 주인에게 "얼마요?"라고 묻고는 단번에 하나를 집어들었다. 복희 씨와 살고 있는 단 하나의 진짜 가족인 '돌돌이'를 위한 쇠줄. 내가 "저 천으로 된 줄이 더 낫지 않아요?" 하고 물으니 엄마 대신 주인 아저씨가 끼어들었다. "저건

데이트할 때 필요한 줄이요!" 맥락 없는 농담에 대꾸도 안 하고 복희 씨가 쇠줄을 집어든 채 치른 돈, 오천 원.

장터 안쪽으로 더 깊이 들어가 복희 씨는 기름병들이 나란한 가게 앞에 섰다. 평소 시장에 있는 기름집이라고 하면 고소한 냄새와 찌든 내가 진동하고 가게 곳곳에 덕지덕지 기름 찌꺼기가 들러붙은 모습을 상상했는데, 가지런히 놓인 기름병들하며, 그 너머로 불쑥 얼굴을 내민 온화한 할머니의 표정하며, 기름집 앞이 그저 향기로웠다. 이야기도 않고 휴대전화 카메라를 들이대는 나를 향해 불쾌한 눈빛 한번 보여줄 법도 한데 할머니는 오히려 방긋 웃으며 사진 찍는 나를 반겼다. 망설임 없이 복희 씨가 집어든 들기름 한 병, 만 오천 원.

5일장에서 들기름 사 시는 장모님.

"파전에 오징어가 차암 많이도 들었다!"

"신랑이 말이 좀 없더라도 엄마가 이해해요"라고 말했을 때 엄마는 당신도 원래 말이 없으니 마찬가지 아니냐고 답했다. "'밀양 박씨'들(엄마도 신랑도 밀양 박씨)은 원래 순해서 무뚝뚝해 보이지만 나쁜 사람이 없다"는 말에는 동의할 수 없었지만 어쨌든 우울증이 있는 그를 이해한다는 말이라고 받아들였다. 좀 더 가까이에서, 알지 못하는 사람인 당신과 어쨌든 함께해보겠다는 의미로.

기름집에서 나와 복희 씨는 오일장을 한 바퀴 더 돌았다. 말없이 복희 씨를 따라다니던 신랑은 분주하게 오가

잔치국수
파전
5일장에서
간단히 식사.
건

는 시장 풍경을 어떤 마음으로 바라보았을까? 아무리 근사한 풍경 한가운데 있어도 보지 않으려고 하면 무의미해지는 신랑 혼자만의 여행.

오일장을 오가던 중 손으로 쓴 '오천 원' 가격표 아래 얄팍한 밀리터리룩 고무줄 바지를 집어들었다. 신랑에게 보여주니 괜찮다고 끄덕. 복희 씨는 말없이 주인에게 오천 원 지폐 한 장을 불쑥.

오일장 안에 나란히 붙은 식당들 간판 아래, 복희 씨와 신랑은 나란히 앉았다. 우리가 주문한 음식은 멸치국수 둘, 파전 하나. 서로 경쟁사인지 한 가게에는 〈6시 내고향〉에 나왔다는 홍보 문구가, 다른 가게에는 〈전국 시대〉에 나왔다는 포스터가 붙어 있었다.

멸치국수가 나올 때까지 나란히 앉은 두 사람은 단 한 마디도 하지 않았다. 마침내 국수가 나오고 파전이 나오기 전까지 두 사람은 국수를 들어올려 입에 넣을 뿐이다. 파전을 모두 먹어치울 때까지 두 사람은 서로에게 어떤 말도 하지 않았다.

"아이고, 이 파전에는 오징어가 차암 많이도 들었다!"

꽤나 오랜 식사 시간 동안 복희 씨가 한 말이라고는 그 한마디가 전부였다. 하나 마나 한 똑같은 말을 두 번씩이나 반복했을 뿐이었다. 아이고, 징그럽게 사람 좋고 순한 밀양 박씨들.

넷.

가파도에서

섬에서 섬으로 가는 일

제주는 섬이지만 '제주특별자치도'라는 행정 구역 안에는 또 다른 섬들도 포함된다. 동쪽으로 우도, 서쪽으로 비양도, 남서쪽으로 마라도와 가파도가 있는데 그중 가파도에 가는 건 나 역시 오랜만이었다. 정작 이십이 년 동안 제주에서 산 복희 씨는 가파도에 단 한 번도 가본 적이 없다고 했다.

가파도 청보리 축제가 열리는 사월에는 서귀포시의 모슬포 운진항에서 삼십 분마다 오가는 배편이 있다고 들었는데 올해는 코로나19로 축제 취소. 문의해보니 그래

가파도
가는 배. 10분소요.
건

도 배는 매 시간마다 오간다고 했다. 온라인 또는 전화로 예약이 가능한데 섬에 입장하고 세 시간 뒤에는 나와야 하는 등 섬 안에 머무는 인원을 조절하는 모양이었다. 가파도에서 점심을 먹고 섬을 한 바퀴 돌아보고 나오면 딱 좋을 것 같아 열두 시 배편 예약.

"우와! 가파도 간다!"

삼십 대에 가본 뒤 처음 가는 것이라, 이제는 오십이 된 나는 신이 났는데 정작 복희 씨와 신랑은 별말이 없다. 징그럽도록 사랑스런 나의 밀양 박씨들.

구좌에서 모슬포는 제주를 사선으로 접으면 맞닿을 끝과 끝이었다. 온라인 지도로 경로를 찾아보니 가는 시간만 한 시간 반. 제주는 생각보다 넓고 크다. 섬을 한 바퀴 돌면 그 거리는 이백 킬로미터가 넘고 면적은 서울의 약 세 배.

우리는 아홉시 반 출발을 목표로 아침 일찍부터 서둘러 외출을 준비했다. 복희 씨는 오천 원짜리 옷 가운데 가장 아끼는 것들을 보여주며 이게 좋으냐, 저게 좋으냐,

소풍 전날 들뜬 아이처럼 내 앞에 늘어놓았다. 물론 내 눈에는 그거나 그거나. 그래도 고른 건 화사하게 눈에 띄는 다홍빛 옷.

제주에서 아름답기로 유명한 1112번 도로를 지나, 도로를 넓히겠다고 나무를 죄다 잘라버린 사려니숲 옆길을 지나, 중산간도로로 제주의 동쪽에서 서쪽으로 향했다. 넘어가든 돌아가든 제주를 가로지르려면 반드시 지나게 되는 한라산. 오늘도 한라산의 완만한 능선은 푸른 하늘 높이 선명하게 보였다. 일 년 삼백육십오 일 중에 한라산을 꼭대기까지 선명하게 볼 수 있는 날이 백 일도 채 되지 않는다는데 우리는 벌써 여러 날 째 한라산을 보고 있으니 이게 무슨 행운인지.

서둘러 가야 한다고 복희 씨가 닦달한 덕분에 우리는 배 출발 시간인 열두 시보다 무려 한 시간 반이나 일찍 터미널에 도착했다. 혹시 열한 시 배를 탈 수 있는지 문의하니, 어서 빨리 승선 명부를 작성하고 신분증을 지참해 오라는 직원의 다급한 손길. 터미널에서 승선 명부를 작성하고 티켓 발권. 가파도행 배에 탑승 성공.

평일이라 사람이 없을 줄 알았는데 연휴 직전이라 그런지 사람들로 가득했다. 선내에서는 마스크를 필수로 착용해야 해서 마스크를 쓰지 않은 사람이 한 명도 없었다. 여행의 목적지 앞에 무작정 설레어야 하는데 마스크 때문인지 여행자들의 얼굴엔 설렘과 불안이 반반이었다.

모슬포 운진항에서 가파도 상동포구까지 걸리는 시간은 겨우 십 분 정도. 배에서 내려서니 우리가 타고 온 배를 타고 다시 나가기 위해 줄을 선 사람들이 보였다. 그들 너머엔 투명하고 파란 바다가 있었다.

완만한 경사를 올라가다
뒤를 돌아보면

배에서 내리기 직전에 직원은 마이크를 들고 가파도에서 청보리 밭에는 들어가면 안 된다고 주의를 주었다. 주변에서만 청보리를 감상해달라는 부탁도 했다. 복희 씨는 청보리가 이미 다 떨어질 때라고 말했다. 오월은 늦다고, 그래서 서둘러 다녀와야 한다고 말한 사람도 복희 씨였다.

배에서 내려서니 가파도 터미널 카페가 가파도 표지석보다 더 크게 눈에 띄었다. 돌아보니 산방산과 송악산과

장모님

한라산
송악산
가파도 청보리.

한라산의 절경이 한눈에 들어왔다. 창피한 줄도 모르고 나는 눈앞에 펼쳐진 풍경을 향해 탄성을 질렀다. 자연은 우리에게 얼마나 많은 선물을 준비한 걸까? 가파도 여행에 대한 보상은 그 풍경 하나만으로도 차고 넘쳤다.

가파도는 동서로 1.3킬로미터, 남북으로 1.4킬로미터 크기로, 세계적으로도 희귀한 평지 섬이라고 한다. 덕분에 걷기에 좋고, 일출이며 일몰이며, 지평선과 수평선이 맞닿은 풍경이 만드는 장관을 모두 감상할 수 있다고.

가파도는 중동 마을 근처에 청보리 밭을 두고 상동 마을과 하동 마을로 나뉘는데, 상동 마을에서부터 완만한 경사를 걸어 하동 마을 방향으로 가다가 뒤를 돌면 누구든 감탄할 수밖에 없다. 보리밭과 포구와 바다 너머 한라산, 산방산, 송악산의 절경이 하나로 어우러지는데 '절경'이라는 단어로는 표현이 모자랄 만큼 그 풍경이 신비롭고 아름답다.

복희 씨 말처럼, 상동포구에서 내려 하동포구로 가는 길에서 본 청보리 밭은 이미 군데군데 노랗게 물들어 있었다. 아예 청보리를 모두 베어버린 곳도 있었다. 축제였다면 사람들로 발 디딜 틈이 없었겠지만, 다행히 섬 안에는 드문드문 사람들이 흩어져 있고 청보리도 섬 안의 작은 지평선을 따라 넘실거렸다.

아름다운 청보리 밭을 배경으로 복희 씨와 신랑을 나란히 세우고 나니 나도 모르게 웃음이 터져나왔다. 이렇게 놀랍도록 아름다운 풍광을 두고 저렇게나 무뚝뚝하게 선 두 사람이 있는지.

점심으로 정식을 먹을까, 해물짬뽕을 먹을까, 우리는 고민했다. 가파도에서 대부분 그 두 가지 중에서 식사를 결정하는 모양이었다. 해물짬뽕은 해물이 그득해 먹을 만한 모양이고, 가파도 맛집이라고 소문난 식당에서 파는 정식은 갈치속젓과 자리젓이 특히 유명한 모양이었다. 제주 자리돔은 뼈가 굵어 젓갈로 담그기가 쉽지 않은데 이 식당에서 파는 젓갈은 생선을 뼈째 갈아 만들어 먹기 쉽다고 했다. 결국 정식을 파는 식당에 가니 삼 인 상에 옥돔구이도 같이 나왔다. 짜지 않아 간이 적당하고 굽기도 적당해 괜찮았다.

집에서 일찍 나오느라 아침으로 빵만 먹고 나온 우리는 역시나 말없이 음식을 먹어치웠다. 젓갈류 음식을 별

장모님이
사주신
가파도 정식

로 좋아하지 않는 '초딩 입맛'인 나와 신랑조차 돼지불고기에 젓갈을 올린 쌈은 정말 맛깔스러웠다. 정식으로 나온 먹음직스러운 게장을 복희 씨는 치아가 좋지 않아, 신랑과 나는 '초딩 입맛'이라 못 먹었지만 그래도 나물과 해조류 등의 밑반찬까지 맛나게 먹었다. 아주 훌륭한 정찬이었다.

"손가락을 대지도 않았는데 눌러지냐?"

식당 옆 기념품 가게에서 쪽빛 스카프를 한 장 샀다. 마로 만든 천에 천연 염색을 한 스카프의 깊은 바닷속 같은 푸른빛에 마음을 홀딱 빼앗겼다. 망설이고 주춤거리면 결국 못 사게 되는 일. 서둘러 값을 치르고 파란 빛깔을 목에 감고서 "예쁘다, 예쁘다!" 하며 혼자서 감탄하기를 여러 번. 물론 우리 사랑스러운 밀양 박씨들은 단 한 마디도 하지 않았다.

우리는 해안로를 따라 걷기 시작했다. 걸어서 한 시간이면 다 돌아다닐 수 있는 땅이라니. 마음만 먹으면 금방이라도 끝에서부터 끝까지 오갈 수 있는 세상이라니. 너무나도 좋았다. 나는 금세 철부지 어린아이가 되고 만다. 무뚝뚝한 밀양 박씨들의 호위를 받으며 소리 나게 뛰고 부산스럽게 걸었다. 복희 씨는 애써 나를 모른 척 하고 신랑은 이미 익숙한 모습일 테니 그러거나 말거나.

산방산과 한라산이 보이는 해안가 쪽으로 돌아서자 복희 씨가 거기 한번 서보라고 말했다. 내 휴대전화를 받아 들고서 장난감같이 작은 의자에 나란히 앉은 우리 둘을 향해 촬영 버튼을 눌렀다.

"아이고야, 손가락을 대지도 않았는데 눌러지냐?"

손끝 감각이 무뎌져 촬영 버튼을 누른지도 모르던 복희 씨는 연신 카메라 셔터 소리가 나자 탄성을 질렀다. 화면 아래 동그란 촬영 버튼 위에 빠르게 손가락을 붙였다가 떼야 사진이 찍힌다고 복희 씨에게 알려주었다. 그렇게 우린 사진을 몇 장 더 찍었다. 복희 씨와 수다를 떨며 걷는 내 모습을 신랑은 말없이 영상에 담았다. 복희 씨는 바위 위에 올라가서도 사진을 찍자며 해안도로 끝에 붙은 바위를 가리켰다. 옛날 양반들은 왜 그렇게 바위 위에 올라 앉아 사진 찍는 걸 좋아하는지.

"엄마, 그건 팔십 년대 스타일이죠! 요새는 그렇게 안 찍어요!"

손사래를 치다가, 못하겠다고 고개를 젓다가, 마지못해 복희 씨를 따라 바위 위에 올라 앉았다. 신랑은 다시 또 무표정으로 대충 찰칵찰칵, 밀양 박씨 스타일.

산방산
한라산
가파도에서 산
김비서 머플러.

다섯.

복희 씨의 정원에는

제주에 사는 바람,
바람과 사람

제주에서 바람과 놀다보면 하루가 잘 간다. '밀려오는구나, 떠밀리는구나, 나 하나만 생각하면 단지 흔들림인데 같이 놀고 있구나' 하고 생각하면 제주 바람은 매일 다른 얼굴이다. 며칠 전만 해도 냉랭한 등짝 같더니 오늘 바람은 "어서 와" "반가워" 첫 인사 같다.

가파도를 다녀온 뒤 오랜만에 긴 외출로 피곤했을 텐데 복희 씨는 바람 속을 헤집고 다니며 개양귀비 봉오리를 따낸다. 아무데서나 섞여 자라는 잡초를 뽑아 수돗가에 내던진다.

“이거 그냥 놔두면 여기저기 사방에 퍼진다, 야! 아니, 어디서 이런 게 무더기로 날아와 이렇게 자라는지 몰러.”

복희 씨는 “똑” “똑” 소리가 나도록 개양귀비의 모가지를 끊고 서러운 개양귀비는 하얀 진액을 눈물처럼 쏟는다.

“이거 시금치도 꽃이 피게 생겼다? 꽃피면 이거 다 못 먹어.”

커다란 개양귀비 밑에 주저앉아 복희 씨는 시금치 더미를 캐낸다. 시금치 옆에 자란 상추도 따고 그 옆에 자란 잡초도 뽑아 수돗가로 내던진다. 이십 년을 같이 살았어도 이름을 모르는 나무 그늘에 자리를 잡고 앉아, 시금치 뿌리를 다듬고 벌레 먹은 잎사귀를 골라낸다. 바닥에 떨어진 새까만 열매를 가리키며 이건 새들도 안 먹는다고, 짐승이 먹지 않으면 사람도 먹을 수 없는 법이라며 바닥에 짓눌러 뭉개버리더니 담장 밖으로 내던지는 복희 씨.

마당에서 장모님.

녹슨 칼질 몇 번에 엉망이던 시금치 단이 가지런해지고 그 속에 숨어 있던 초록 벌레 한 마리가 엉금엉금 기어나와 벽을 타고 도망친다. 복희 씨는 눈 하나 깜짝 안 하고 칼 끝으로 꾹. 짧은 생, 끝났다. 마음껏 누린 생이었기를.

당신의 마당 속,
당신의 마음속 꽃구경

언제부터 복희 씨 집 마당에 꽃이 그렇게 많았는지 나는 알지 못한다. 여기에 그가 자리를 잡고 산 지 이십이 년. 짧지 않은 시간이니 알 법도 한데, 꽃에 둘러싸여 살면서도 꽃의 아름다움을 누릴 수 없던 복희 씨는 꽃에 대해 전혀 알지 못한다. 예쁜 곳에만 뿌리를 내리고 피는 것이 꽃이면 좋으련만, 복잡하기만 한 인간 생을 나무라듯 꽃은 아무 땅에나 뿌리를 내리고 하늘을 보며 피고 만다.

중구난방으로 퍼진 것들을 캐다가 한쪽에 모아 따로 정원이라도 만들면 좋으련만, 복희 씨는 애초부터 그럴

마음이 없었다. 아무데서나 자라라, 마음껏 날리고 멋대로 피어라. 숨 막히듯 짓눌린 시간을 보상이라도 받으려는 듯, 복희 씨는 일부러 더 늘어놓고 사는 곳을 더 엉망으로 팽개쳐둔다.

죽을 놈은 죽고 자랄 놈은 자라게 두면 되는 일. 아무때나 마음 내키는 때 물을 준다. 도대체 이게 어디에서 날아와 자라는지 모르겠다고 투덜거리면서도 어느 꽃이든 뿌리째 뽑아버리는 일은 결코 없다. 그냥 날아와 키를 키운 그 자리에서 자라게 내버려둔다.

이건 무슨 꽃이냐고 물으면 "글쎄, 뭐더라…" 머리를 긁적이며 답하고, 똑같은 꽃이 마당 여기저기에 아무렇게나 피었는데 이건 왜 이렇게 따로 키우느냐 물으면 "냅둬라, 이미 피어버린 걸 어쩌냐?" 그러고는 그만.

꽃들의 이름을 알려주려고 휴대전화를 집어들다가 나도 그만둔다. 깨알같이 적힌 이름도 어차피 인간이 만든 이름일 뿐 꽃들의 것은 아닐 테니 그저 예쁜 대로 보고 예쁜 대로 자라도록 물이나 주면 되는 일. 어쩌면 그것만이 인간에게 허락된 일.

겨울인지 봄인지 모를 바람은 오늘도 잔다. 바람을 피

해 기울었던 꽃들, 그래도 온 힘을 다해 피어난다. 나란히 한쪽으로 기울어 예쁘게 핀다.

복희 씨를 위해,
징그럽도록 천년의 사랑을

'천년의 사랑'이라니.

복희 씨 몰래 꽃말을 찾아보다가 맥이 빠졌다.

마당의 돌로 만든 인공 연못 한쪽을 빼곡히 채운 꽃 대공은 내 키만큼이나 자라 있었다. 꽃잎을 휘감으며 자라는 새하얀 꽃의 몸통은 널따란 잎사귀의 호위를 받으며 도도하게 고개를 들었지만 아무리 둘러봐도 복희 씨와 어울리는 꽃이 아니었다. 게다가 꽃말이 순결, 천년의 사랑이라니.

카라 손질하시는
장모님.
건

"이거 봐라, 얼마나 이쁘냐?"

마당에 제자리도 없이 어지럽게 핀 꽃들 중에 카라 꽃 더미는 복희 씨의 자랑이었다. 웨딩드레스를 입은 청초한 신부의 손에 들린 커다랗고 하얀 꽃은 힘들게 키워 값비싸고 귀한 꽃인 줄 알았는데, 십 년 만에 찾은 복희 씨의 지저분한 인공 연못 속에도 무더기로 자라고 있었다. 복희 씨 혼자 연못 물을 갈 수 없어 물이 졸졸 흐르도록 수도꼭지를 연결해놓았다. 그 바람에 인공 연못에는 물길을 따라 꼬질꼬질한 물때가 끼어 있었다. 바로 그 지저분한 인공 연못 속에 시퍼런 카라 꽃들이 길게 키를 키우고 있었다. 원산지가 아프리카라더니 정말 물 좋아하고 습기 좋아하는 꽃인 모양이었다. 인공 연못 한쪽을 차지하고 자라는 것도 모자라, 인공 연못 밖까지 씨앗을 퍼뜨려 넓적한 잎사귀를 마구 키우고 있었다. 잡초처럼 마구 퍼지며 자라는 새하얀 꽃이 내 눈에는 이물스러운데 복희 씨는 어쩜 이리 예쁘냐며 물고기와 함께 쌍으로 예뻐하는, 우선 순위 2순위.

카라 꽃말인 바로 그 '사랑'에 관해 복희 씨에게 근사한 러브 스토리라도 들으면 좋으련만, 내가 들은 건 욕지거리뿐이었다. 주간지에 글을 쓸 기회가 생겨 언젠가 한 번 복희 씨에게 사랑에 관해 물었는데 단박에 "지랄한다"라고 막말을 뱉었다. 내가 모르는 그의 어느 시간 속에, 어쩌면 욕지거리로 표현할 수밖에 없는 각박한 어느 시절 속에, 지금은 우리가 상상할 수 없는 새하얗고 청초한 사랑이 복희 씨에게도 있던 건 아닐지, 천년의 사랑을 꿈꾸던 그녀가 있던 건 아닐지.

"엄마, 그래도 속옷은 좀!"
"지랄하고 자빠졌네!"

복희 씨에게도 곱디 고운 사랑이 분명 있었기를. 복희 씨는 지금 기억하지 못하더라도 까마득한 어느 순간에 카라 꽃처럼 천년을 다짐한 순수한 마음이 잠깐이라도 눈부시게 존재했기를. 부디 그랬기를.

여섯.

사랑이더라

푸른 바다를 보고
마음이 후련해지지 않더라도

오늘은 세화의 한 카페에 자리를 잡고 작업하기로 했지만 마음대로 되지 않았다. 조금 이른 시간에 집을 나서며 '이 시간에 문을 연 카페가 있을까' 싶었는데 사람들이 많아져서 그런지 문을 연 카페가 여럿 있었다.

십 년 전에 비하면 세화 시장을 중심으로 카페와 음식점이 눈에 띄게 늘었다. 오 분만 걸어가면 내 것이 되던 평대 바닷가는 이제 날마다 분주하다. 사람 많은 마을이 반가운 사람도 있을 테고 반갑지 않은 사람도 있으리라. 엉뚱하게도 나는 모두에게 좋은 방법은 없을까, 생각한다. 사람이 많으면서도 평화롭고 분주하지 않은 채 즐겁게 사는 방법은 정말 없을까?

푸른 바다가 보이는 세화 시장 앞 카페에 자리를 잡았다. 오전 내내 손님은 우리 둘뿐이었다. 너른 자리에 앉아 그림 같은 바다가 보이니 분명 평화로운 시간인데 도무지 글이 잘 써지지 않았다. 신랑도 앞에서 열심히 팔을 움직이는데 그 역시 손끝이 빽빽하기는 마찬가지인 모양이었다. 점심 때가 다 되도록 한 줄도 제대로 적지 못하고 결국 카페를 나왔다.

"맛있는 거라도 먹읍시다."

세화에 새로 생긴 음식점에 가니 이미 만석. 또 다른 음식점에 가보니 다행히 남은 두 자리. 흑돼지로 만들었다는 돈까스는 부드럽고 맛이 풍부했지만 오전 내내 한 줄도 적지 못해 불편한 마음이 풀어지진 않았다. 동료로서, 같은 여행을 하는 여행자로서, 신랑에게 털어놓고 싶기도 했지만 괜히 짜증이 될까 봐 망설여졌다. 결국 내가

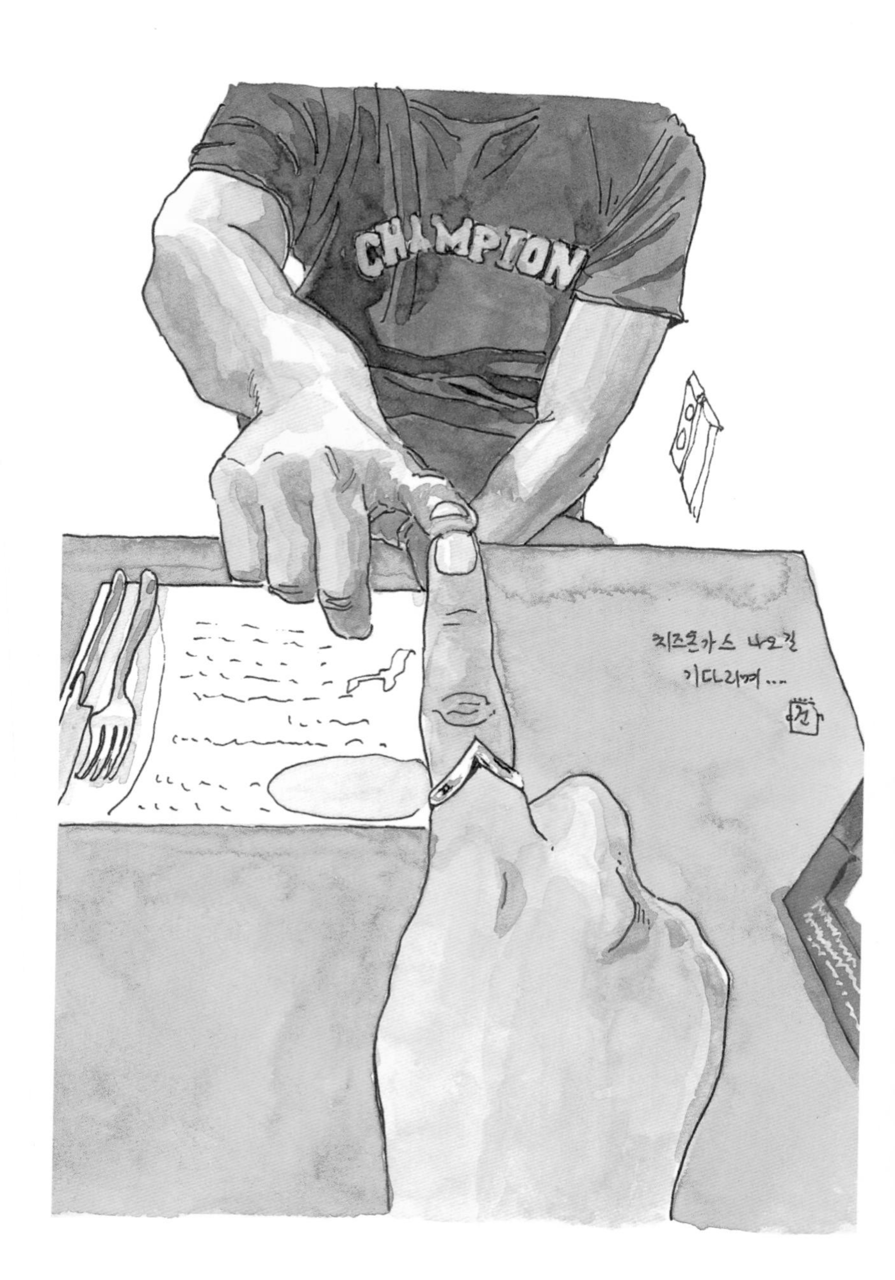
CHAMPION
치즈돈가스 나오길
기다리며...

내밀 수 있는 건 손가락 하나. 목이 긴 외계인처럼 손가락 하나.

다행히 그는 상태가 좋든 나쁘든 뜬금없는 내 행동을 무던하게 받아들여준다. 내 손가락을 향해 내미는 그의 손가락.

여행을 하다보면 가끔 이렇게 서로의 체온을 맞대야 할 때가 있다. 어긋나고 틀어진 마음이 어디에서 비롯됐는지, 도대체 왜 그 모양인지 이해할 수 없어도 우리가 같은 여행을 하는 나란한 여행자라는 사실을 잊지 말자는 최소한의 몸짓이 필요할 때.

나는 다시 또 손가락을 내민다. 그의 손가락이 와닿는다. 말은 필요 없다. 우리는 여행하는 외계인들.

폭우가 쏟아지는 날에는
밑도 끝도 없는 웃긴 짓

주말 내내 비가 내렸다. 비 오는 바다가 보고 싶은데 혼자 가긴 싫었다. 신랑에게 같이 가자고 하니 단번에 'NO.'

우린 싫다고 하면 서로를 굳이 떠밀지 않는다. 싫을 수도 있지. 싫다는 상대를 억지로 일으켜 좋았던 기억이 없기 때문에 나는 그가 싫다고 하면 싫다는 현실을 받아들인다.

다른 때 같으면 혼자 갔겠지만, 나 역시 오늘따라 혼자 나가기는 싫었다. 그래서 하루 종일 드라마를 몰아 보고

얼굴에 발 가져다
대기.
건

낮은 창으로 들이치는 빗줄기를 바라보다가, 유난히 크게 들리는 제주의 쏟아지는 빗소리를 듣다가, 곁에 누운 신랑에게 장난을 친다. 발바닥을 그의 얼굴에 대기도 하고, 늘어지는 그의 뱃살을 주물럭대기도 한다.

이에 질세라 신랑도 내 뱃살을 움켜쥐었다가, 내 배 위에 자기 발을 올려놓는다. 그런 그의 발을 때리려고 하면 재빨리 발을 빼내는 바람에 내 뱃살을 내 손으로 찰싹.

뭐가 그리도 우스운지 킥킥거리며 웃다가 찌그러진 내 얼굴에 휴대전화 카메라를 들이대고, 웅크린 채 손가락을 꼼지락거리며 휴대전화로 사진을 보더니 호떡처럼 잡아 늘인 내 얼굴 사진을 보여주며 그는 다시 또 킥킥거린다.

다시 또 발길질, 뱃살 공격, 내 손으로 내 뱃살 찰싹, 호떡 같은 얼굴 만들기, 발길질, 뱃살 공격, 내 손으로 내 뱃살 찰싹, 호떡 같은 얼굴 만들기. 그렇게 잡아 늘인 내 얼굴 사진을 차곡차곡 쌓아 내 카톡에 한꺼번에 전송하고 다시 또 좋아죽겠다고 얼굴이 빨개질 때까지 신랑은 껄껄 웃는다.

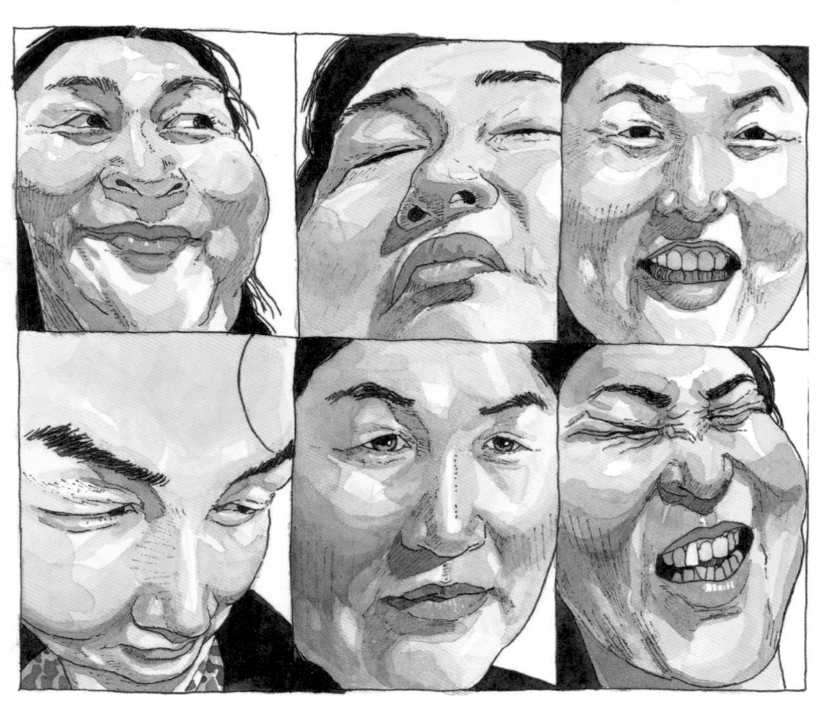

핸드폰
어플로
짝지 얼굴
늘어뜨리기.

시간 나면 그 얼굴들을 그려보라고 했더니 오후 작업 시간을 통으로 들여 걸작 완성. 하…. 심혈을 기울일 작품이 따로 있지…. 이리 와, 신랑! 좀 맞자!

일곱.

다랑쉬오름에서

달이 누운 언덕,
다랑쉬오름

'오름'이라는 단어를 처음 들었을 때 나는 단어의 간결함에 혼자서 탄성을 질렀다. 솟아올라서 '오름'이라니. 다른 표현은 군더더기라고 말하듯 두 글자는 그 자체로 너무도 힘차고 당당해보였다.

오름을 자세히 보면 솟아오르기만 한 모습이 아니다. 꼭대기가 '굼부리(분화구를 일컫는 제주 방언)'로 패인 오름도 있고, 무너지듯 늘어진 모양새인 오름도 있고, 봉우리가 하나가 아닌 여러 개로 갈라진 오름도 있다. 어떻게 생겼든, 무슨 이유로 '그자락(그렇게 혹은 그다지라는 뜻의 제주 방언)'

만들어졌든 어쨌든 솟아올라 있으니 모두 '오름.'

복희 씨의 집이 구좌에 있어 주변에 오름이 꽤 모여 있다는 사실을 예전부터 알고 있었다. 제주 서쪽 애월에 있는 '새별오름'에 한 번 가보았는데, 작은 언덕 같던 나의 첫 번째 오름은 그리 깊은 감흥을 남기지 못했다. 나무가 없는 언덕이, 바람에 속살을 내어주고 만 언덕이, 내 눈에는 조금 쓸쓸해 보이기만 했다.

그래서 복희 씨 집 주변 오름에도 별 관심이 가지 않았지만 이번에는 하나쯤 올라봐도 나쁘지 않을 것 같았고, 신랑에게 조금은 탁 트인 제주의 모습을 보여주고도 싶었다. 그래서 고른 것이 '오름의 여왕'이라 불리는 '다랑쉬오름.'

꽤나 가야할 줄 알았는데 소요 시간을 검색해보니 집에서 겨우 십칠 분. 항상 비자림만 오갔지, 그 옆길로 꺾어 들어갈 생각은 하지 못했다. 제주에는 신호등이 없는 작은 사거리를 회전형 교차로로 만든 곳들이 있는데 덕분에 다랑쉬오름으로 가는 길은 어느 판타지 속 입구 같았다.

다랑쉬오름
도로를 넓히기 위해
공사중이었다.

이토록 가까운 곳에 한 번도 가보지 않은 길이 있다니, 신비로운 기분이었다. 차도를 넓히는 공사장을 지나자 길 옆에 키 큰 나무들 너머로 완만한 다랑쉬오름이 서서히 고개를 내밀었다. 정말 오랜만에 제주에서 느껴보는 설렘이었다. 이번 여행에서 쉽게 기대할 수 없던, 두 번째 설렘.

"우와…. 이렇게 가까운 곳을 그동안 왜 못 와봤지?"

한탄 반 자책 반, 아이처럼 좋아하는 나의 혼잣말에 신랑은 무뚝뚝하게 밀양 박씨 스타일로 정확한 대답을 해주었다.

"게을러서요."

가보지 않은 길은 아주 가까이에

다랑쉬오름에는 계단 입구부터 양옆으로 진분홍 철쭉이 활짝 피어 있었다. 하늘로 쭉 뻗은 삼나무들 사이로 아침 햇살이 초록빛에 물들며 쏟아졌다. 오름이라고는 새별오름의 나무 없는 언덕밖에 기억이 없는 나였으니 울창한 오름 앞에 입을 벌리고 말았다.

다랑쉬오름은 다른 오름과 비교해서 그 높이가 가장 높다고 한다. 오름 정상에 있는 분화구도 한라산의 백록담과 견줄 만큼 규모가 상당해, 단순히 가벼운 언덕을 오른다는 마음으로 오르다가는 낭패를 보기 십상이라고.

다랑쉬오름 올라가는 길

길이 잘 닦여 있어 등산 장비까지 챙길 필요는 없지만 경사가 꽤나 가팔라 등줄기가 살짝 젖을 각오는 해야 한다.

길은 정상을 향해 직선으로 올라가지 않고 지그재그로 여러 번 꺾여 있었다. 계단이 끝나는 지점부터 짚 보행로가 우리를 안내했다. 느려도 너무 느린 내 걸음 덕분에 신랑은 뒷짐을 지고 천천히 올라가는데, 유난히 오르막길을 버거워하는 내게는 그 짧은 길마저 까마득히 느껴졌다. 보행로 방향이 꺾일 때마다 한 번씩 쉬겠다는 느긋한 마음으로 오르는데도 금세 등에 땀이 맺혔다.

꺾이고 다시 또 꺾인 길만 보며 오름을 오르다가 뒤를 돌아보니 다랑쉬오름의 쌍둥이 오름인 '아끈다랑쉬오름'의 정경이 성산일출봉과 저 멀리 수평선을 배경으로 눈앞에 펼쳐졌다.

"우와!"

내가 탄성을 지르거나 말거나 신랑은 내가 너무 느리다고 투덜투덜, 그래서 한라산은 어떻게 가냐며 구시렁구시렁.

지그재그로 오르던 경사길이 끝나는 지점이 바로 정상인 줄 알았는데, 땀에 젖은 사람들을 맞이하는 널따란 나무 평상이 우리를 기다리고 있을 뿐이었다. 여기부터 정상의 분화구까지 다시 또 다른 계단.

모든 정상이 그러하듯 우리의 믿음은 정상과 너무 멀리 있었다. '얼마큼 땀을 쏟았는가'는 상관없는 일이었다.

다랑쉬오름 정상에서.
건

시간의 굼부리를 돌아서 내려가면

마침내 하늘색 초소가 있는 정상에 도착하니 제주의 동쪽 풍경이 한눈에 들어왔다. 구름에 둘러싸여 천상에서 내려보는 것만 같은 한라산 정상, 서로 다른 모양으로 오른 오름들이 출렁이듯 조용히 햇살에 잠겨 있었다.

신랑도 나도 짚으로 만든 보행로 위에 주저앉았다. 뜨거운 햇살과 사나운 제주 바람이 우리 앞에 뒤섞였다. 이맘때쯤 제주에는 겨울과 봄이 공존한다. 태양 빛은 뜨겁지만 바람에 담긴 냉기는 꽤나 아릿하다.

"오름은 처음 와보죠?"

"뭐…. 그렇죠."

"기분이 어때요? 좋죠?"

"뭐…."(끄덕끄덕)

신이 나서 좋아하는 신랑 모습을 본 적이 언제더라? 마흔 중반의 남성이 매일 신나고 즐거운 게 더 이상한 일 아니냐고 그에게 말했지만, 이따금 아이처럼 신이 난 그의 얼굴이 그리울 때가 있다. 직선으로 정상에 올라설 수 없다면 오늘처럼 꺾이고 꺾인 길을 따라 시간이 걸리더라도 지그재그로 올라설 수 있는 건 아닌지. 남들보다 조금 더 자주 쉬고 더 멀리 둘러보며 어찌 되었든 한 발짝씩 올라서는 우리가 될 수는 없는지.

"올라온 길로 내려갈까요, 아니면 분화구를 한 바퀴 돌고 내려갈까요?"

신랑에게 물었지만 그는 이번에도 머뭇거릴 뿐 대답이 없었다. 내가 "돌아서 내려갑시다"라고 말하자 그는 둥근

아끈다랑쉬
다랑쉬 오름
그림자.

분화구의 능선 쪽으로 천천히 걸음을 옮겼다. 이 분화구를 한 바퀴 돌아 그의 기분이 조금 더 나아졌으면. 한눈에 담을 수 있었던, 생각보다 훨씬 더 멀고 너른 세상이 그의 마음속 창문을 조금 더 활짝 열어줄 수 있다면.

"봐요, 나도 평지는 잘 걷죠? 내가 이런 싸람이야!"

일부러 신랑을 앞질러 분화구 능선을 따라 빠르게 뛰듯 걷는다. 분화구 한쪽에 자리한 소나무 군락을 지나 좀 전까지 정상을 애타게 찾던 바로 그 자리에 도착해 정상의 반대쪽을 향해 꺾어 내려간다. 신랑보다 더 빨리 더 열심히 걷다가 고개를 드니, 키 작은 아끈다랑쉬오름 자락에 다랑쉬오름 그림자가 반쯤 걸려 있다. 작고 낮은 아끈다랑쉬오름에 기대기라도 한 것처럼.

두 개의 오름이 비로소 만나는 시간,
하루 중 겨우 잠깐 그런 시간.

여덟.

마음들

감사하다고 말하지 않고 감사를 전하는 방법

특별한 날은 왜 특별한 날일까? 특별한 날을 특별하지 않게 생각하면 오히려 더 특별한 날이 되지 않을까?

"이번 주 금요일에 밥 먹으러 나갑시다"라고 말하고 보니 그날이 어버이날이었다. 어머님과 밥 한끼 같이 하라고 말한 친구와의 약속을 지킨다고 생각했을 뿐인데 특별한 날의 식사가 되고 말았다.

솔직히 말하면 나는 어버이날을 단 한 번도 챙겨본 적이 없다. 부모와 같이 사는 삶이었다면 어버이날이 자연스러웠을까? 부산스럽게 선물을 준비하고 형제들과 꽃을 같이 사다가 부모 가슴에 가득 달아주었을까? 어쨌거나 지금의 나에겐 맞지 않는 모자 같을 뿐이다. 너무 작아 머리를 옥죄어 지끈거리고 남의 것을 빼앗아 머리 위에 겨우 얹은 아슬아슬한 기분.

세화가 지금의 세화가 아니고 적막한 세화였을 적에 세화 시장 앞에서 양념갈비를 먹었는데, 시골 인심 덕분인지 꽤나 풍성했던 기억이 있다. 그래서 양념갈비나 먹으러 가자고 말했는데 복희 씨는 생뚱맞게도 매생이칼국수 이야기를 꺼냈다. 지난번에 혼자 가게에 들어가 먹으려고 했는데 일 인분은 팔지 않는다고 면박을 당해 결국 먹지 못하고 나왔다고.

저녁 말고 점심을 먹자는 제안에 그러자고 했다. 함덕으로 가려고 외출 준비를 다 마치고 자동차 앞에 섰는데, 복희 씨는 그제야 매생이칼국수 식당 이름을 모른다고 말했다. 이게 무슨 황당한 상황인가 싶어 대꾸하려는데 복희 씨는 "그럼 치과로 가자"고 했다. 식당이 치과 옆이니 일단 치과로 가면 된다고.

식당 이름을 몰라도 상관없었다. 식당 앞이나 치과 옆

이나, 복희 씨의 목적지 개념은 내비게이션 화살표만 쫓아가는 우리와 분명 달랐다.

복희 씨의 말대로 치과 상호를 내비게이션 검색창에 입력하고 식당으로 향했다. 일주도로를 따라 시원스럽게 뚫린 길을 달릴 수도 있는데 나는 중산간 쪽으로 넘어가자고 했다. 계속 유턴을 고집하던 화살표를 끝내 한라산 쪽으로 끌어올리면서 우리는 송당을 지나 함덕으로 향했고 화살표를 따라가다 보니 낯선 도로 위에 있었다.

"여긴 정말 처음 보는 동네네?"

"여기가 어디냐?"

"이십 년을 넘게 제주에서 산 엄마도 처음 와보는 데가 있어?"

"아, 그럼! 작정하지 않은 다음에야, 이런 데는 언제 와볼 일이 있냐? 작정해야 오게 되지."

제주에 올 때마다 자동차를 가지고 와 곳곳을 돌아다녔으니 가보지 않은 데가 없다고 생각했는데 여전히 제주는 미지였다. 내가 가보지 않은 제주는 곳곳에 있고 계절마다 시절마다 또 다를 것이다. 내가 본 적 없다고 그 아름다움이 없던 것도 아닐 테고. 제주를 제대로 보지 않고서 제주를 안다고 말하던 우리는 무지하거나 게으를 뿐이었다.

어버이날에는 매생이칼국수와 구좌상회를

삼 인분 대접에 풀어진 매생이 앞에서 나도 모르게 떠올린 것은 머리채였다. 언젠가 보았던 영화의 기억 때문 같은데, 젓가락으로 열심히 집어 올려도 자꾸 미끄러져 그릇 속으로 흘러버리는 검푸른 매생이 가락은 둥둥 떠다니는 시체의 끄트머리 같았다. 게다가 두툼한 굴 덩어리에 휘감겨 있으니 이건 완전….

어버이날에, 엄마와 같이 하는 식사에, 제주 여행에 시체를 떠올리고 있다니. 나는 더 열심히 매생이 더미를 건져 올렸고 맛있게 먹었다. 일 인분에 만 원은 조금 과하게 느껴지다가도 직접 민 넓적한 국수가락에, 딱 적당한 감칠맛의 해물 국물에, 엉뚱한 감정들이 뒤엉켜도 충분히 만족스러운 식사였다.

유난히 눈치를 많이 보는 복희 씨는 만 원짜리 식사 앞에서도 느긋하지 않고 조급하게 젓가락질을 해댔다. "장에 나가면 한 주먹도 안 되는 매생이가 칠천 원이나 한다야!" 제 돈 주고 먹으면서도 공짜 밥을 얻어먹는 사람처럼 복희 씨는 서둘러도 너무 서둘렀다. "천천히, 천천히 먹어요, 엄마." 상 앞에 앉은 사람의 눈치를 살피며 황급히 입안에 음식을 쑤셔 넣어야 했던 그의 습관은 아무리 이야기해도 사라지지 않았다. 쫓기듯 급하게 먹느라 자꾸 욕지기난다고 하면서도 입속에 든 밥에 다시 또 밥숟가락을 욱여넣는 그, 복희 씨.

식당을 나와 당근케이크를 먹으러 가자고 제안했다. "배 터지게 먹고 또 뭘 먹냐?" 예상한 대답이 몇 마디 이어지고 나도 소화 어쩌고, 밥 배 디저트 배 어쩌고, 뻔한 소리를 했다.

바다 쪽으로 가면 해안도로가 있을 줄 알고 무조건 좌

회전하던 신랑의 자동차가 골목길만 빙빙 돌고 돌아 겨우 제자리로 돌아왔다. 처음 제주에 와 살던 거리를 지나며 복희 씨는 다음에는 회국수를 먹으러 오자고 이야기했다.

김녕 바닷가를 지나 월정리 해안으로 접어들자 바다를 향해 선베드를 켜켜이 펼쳐 놓은 카페와 음식점들이 보였다. 우리는 '구좌상회'라는 낯선 이름의 카페에 가기 위해 월정리 공터에 차를 세웠다.

"야, 여기 봐라! 여기 여관도 있다, 야! 아이고메, 여기가 다 장사 집이 되어버렸어야? 여기 살던 사람들은 다 집 팔고 어디로 가버리고 다 장사하는 집이 되어버렸어!"

골목을 돌 때마다 보이는 돌담에는 갖가지 색의 간판들이 매달려 있었다. 아름답기도 하고 이물스럽기도 해서 혼란스러웠는데 카페 구좌상회는 구옥의 지붕과 돌담을 그대로 둔 채 투명한 유리의 몸통으로 새롭게 단장한 모습으로 눈앞에 나타났다. 예뻤지만 여전히 혼란스러웠다.

"편안하고 좋죠, 엄마?"

근사하게 꾸며진 좌석 중에 제일 편안한 자리를 골라 앉아서 복희 씨에게는 한라봉차를, 우리는 커피를 당근 케이크와 함께 시켰다. 정갈하고 그윽하고 케이크도 맛있고 정면에 난 창으로 새파란 제주 하늘이 통째로 들어와 정말 좋았는데 복희 씨는 천천히 편안하게 있다가 가자는 나의 말에 퉁명스럽게 대답했다.

"집 구석을 지척에 놔두고 어디 남의 집에서 편안하냐?"

역시나 황당한 그의 대답에 내 편이라도 들어달라고 신랑의 얼굴을 보니, 자기가 하고 싶었던 말이라는 듯 두 눈만 껌벅껌벅. 하여간 못 말리는 밀양 박씨들.

손바닥만 한 당근케이크를 다 먹기가 무섭게 엄마는 일어서서 가게 밖으로 나섰고, 신랑도 커피 잔을 내려놓자마자 자동차 열쇠를 들고 일어섰다. 여유롭게 파란 하늘을 보고 싶었는데, 투명한 유리 건물 안에 앉아 까딱 까딱 흔들리는 꽃들을 구경하며 여유를 즐기고 싶었는데, 들어선 지 삼십 분도 안 되어 디저트 시간 끝, 어버이날 끝.

카페에서
망중한.

연결되고, 이어지고,
다시 연결된 마음들

모든 것들은 낡고 지저분해지고 쪼그라들어 있었다. 내가 십여 년 동안 오지 않은 집, 복희 씨 혼자 사는 집은 사람처럼 구석구석 늙어 있었다.

같이 살던 양반의 편집증적이고 강박적인 성격에 치를 떨며 살아온 복희 씨는, 그분이 돌아가신 뒤 모든 걸 아무데나 늘어놓고 썼다. 그동안 한 사람에게 짓눌려 살던 삶을 보상받으려는 듯 개밥과 사람 밥을 나란히 두고 먹고, 거미줄이 치고 먼지가 쌓인 것들을 눈 하나 깜짝 않고 대충 아무데나 쓱쓱 문대고 썼다.

어떻게 그럴 수가 있냐고, 처음 며칠은 얌통머리 없는 소리를 쏟으며 정리하려다가 나도 관뒀다. 비로소 말년에 복희 씨가 찾은 자유가 어떤 것인지 알기에 아무 말도 하지 않았다. 여긴 그의 집이고 오직 그만이 자격이 있기에. 비로소 칠십 평생 최초로 복희 씨는 자기 삶의 주인이 되었기에.

낡고 거미줄 친 집 입구에서 낯선 스티커를 보았다. 알고 보니 혼자 사는 노인들을 정기적으로 방문하며 안부를 묻는 생활지원사들이 붙여둔 비상연락처 스티커.

며칠 후 선한 인상의 생활지원사 분을 만났다. 같이 살던 분이 돌아가시고, 어머님이 그제야 건강을 회복해 다행이라고. 따님이 어떤 사람인지 알고 있다고, 다 검색해 보았다고.

민망하고 죄송해 거듭 감사하다고 고개를 숙였다. 부끄럽고 죄스러워 계속 몸을 낮췄다. 핏줄이나 가족 따위가 아니어도 상관없는 일인지도 모르겠구나. 느슨한 방식으로 어떻게든 서로가 서로를 지키고 구하는 마음, 연결된 마음.

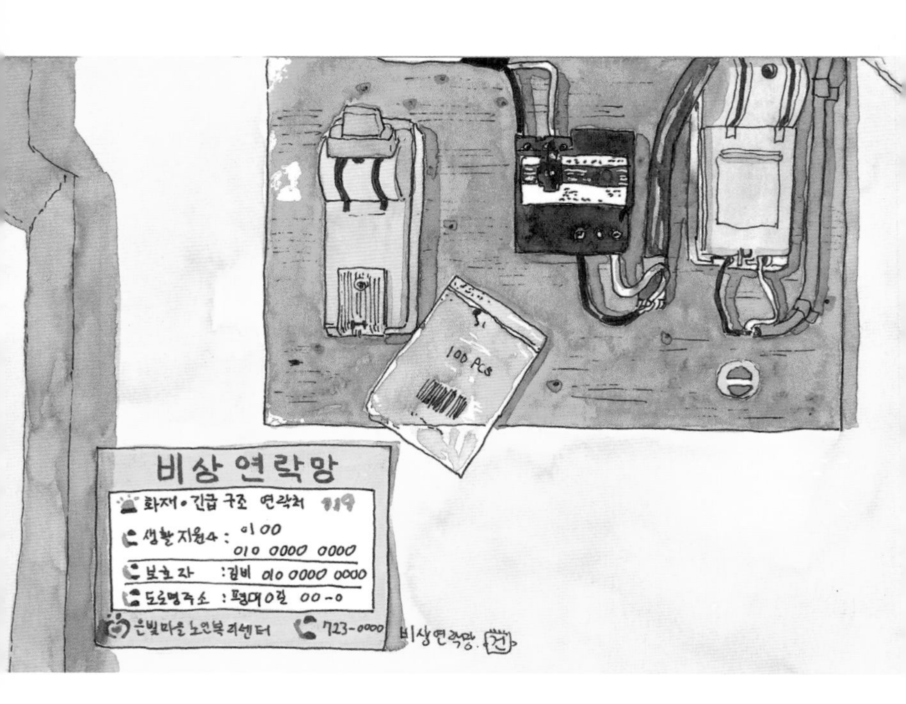
100 PCS
비상 연락망
화재·긴급 구조 연락처 119
생활지원사 : 이OO
010 0000 0000
보호자 : 김비 010 0000 0000
도로명주소 : 평대0길 00-0
은빛마을 노인복지센터 723-0000
비상연락망. 건

아홉.

가시리 마을이라면

폭낭이 지킨 마을,
가시리 마을

제주만큼 걷는 즐거움을 일깨우는 여행지가 또 있을까?

복희 씨 덕분에 제주에서 이 년을 살았고 십 년 전까지는 거의 해마다 제주에 놀러와 유명한 여행지는 거의 둘러보았지만 여전히 걷는 길 위에서 새로운 제주를 만난다. 버스가 다니고 자동차가 다니는 중산간, 해안길도 아름답지만 제주의 아름다움은 큰 길가에서 한 발짝 안으로 걸어 들어갈 때 비로소 모습을 드러낸다.

이번에도 우리는 느리고 게으른 여행을 하리라 마음먹었지만 한 번도 가보지 않은 마을 몇 군데를 걸으면 좋겠다고도 생각했다. 평대리 주변 마을은 언제든 걸어서 갈 수 있으니 조금 멀리 가보자고 생각했고 표선의 중산간 마을인 가시리 마을을 첫 번째 목적지로 정했다.

일단 가시리 사무소에 주차하기로 하여 목적지를 가시리 사무소로 정했다. 내비게이션 화살표를 따라가다가 몇 백 미터 남지 않았다고 곧 목적지에 도착한다고 안내음이 들리는데, 도무지 마을 입구조차 보이지 않았다. 가시리사무소는커녕 엄청나게 큰 나무들만 빽빽이 들어찬 중산간 도로 위였다. 한데, 키 큰 나무들을 돌아서자 크지 않은 삼거리에 근사한 퐁낭(팽나무를 뜻하는 제주 방언) 한 그루가 보였다. 몰랐는데 우리는 이미 마을 속에 들어와 있었다. 가시리 사무소는 바로 옆이었다.

자동차에서 내려서자 마을 한복판이라고 믿기지 않는 적막이 향기처럼 드리웠다. 깨끗한 아침 공기를 깊게 들이마시니 심장이 크게 뛰기 시작했다. 세 번째 설렘이었다.

"우리 앞에 열린 길, 걸으면 됩니다"

자동차를 몰아 금세 도착한 길을 다시 한걸음씩 짚어 가며 걸었다. 까마득히 솟은 나무들의 잎사귀가 바람에 흔들려 바스락거릴 때마다 아카시아와 밤꽃 향기가 뒤섞여 넘어왔다. 길가에 나란히 선 나무는 아카시아 나무도 밤나무도 아니었다. 어디에서 어떻게 건너오는 향기인지 알 수 없지만 우리를 맞이하는 마을의 인사라고 믿었다.

마을에 조성된 길을 따라 빨강과 하양이 겹쳐 걸린 길잡이 천을 찾는 재미로 천천히 마을을 걸었다. 지금의 가시리 위치에 처음 들어와 마을을 세운 청주 한씨 일가의 묘지 터 '가시리 설오름 청주 한씨 방묘'에 들어섰을 때 탄성을 지르고 말았다. 키 작은 노란 꽃송이가 묘지 전체를 샛노랗게 물들이듯 피어 있었다. 어떤 마음이 흩뿌려진 것처럼, 낮은 산자락에서 묘지 터에만 꽃송이가 가득했다.

내 마음대로 이토록 아름다운 환대를 받았다고 믿으며 나는 아이처럼 묘비를 향해 "고맙습니다" 하고 중얼거렸다. 엄숙하지도, 예를 갖추지도 않은 멍텅구리 인사이지만, 이쯤이어도 괜찮지 않을까? 첫 방문, 첫 걸음.

우리 앞에 길이 있었고 우린 길 위에 있었다. 길이 있으니 걸었고 길의 아름다움은 우리 것이었다. 제주 중산간 가시리 마을의 숨은 길은 슬프지 않고 너무도 아름다웠다.

한씨방묘.
건

숨은 그림을 찾듯
길을 찾는 재미

가시리의 청주 한씨 방묘를 지나 길잡이 천을 따라 걸었다. 다음 목적지는 제주의 신당인 '구석물당'이었지만 우리의 진짜 목적지는 길 위에 있었다. 목적지에 가닿는 여행보다 걷는 여행이 목표였으니 한걸음 내딛으면 우리의 여행은 완성되었다.

숲길을 이렇게 계속 걸어도 되나 싶은 생각이 들 즈음 길잡이 천은 아스팔트가 깔린 길가로 우리를 이끌었다. 중앙선이 그어진 국도였는데 자동차는 보이지 않았다. 자동차 대신 지팡이를 짚은 할아버지 한 분이 중앙선을 따라 천천히 걷고 있었다. 길을 건너려고 가로지르는 것이 아니라, 도로 한가운데 중앙선 위를 따라 계속 걸었다. 위험하니 어서 나오시라고 말리는 사람도 없고 할아버지도 길 밖으로 나올 생각이 없는 듯했다. 물론 자동차도 없었다. 하루 종일 그런 모양이었다.

구석물당을 지나 제주로 유배된 면암 최익현 선생 유적비도 지나 길잡이 천을 따라가는데 갑자기 엄청난 굵기와 높이의 나무가 나타났다. 길잡이 천은 그 나무를 지나 막다른 길 끝에 있었다. 왜 막힌 길 끝에 길잡이 천이 있는지 의문을 품은 순간, 우거진 수풀과 휘어진 나뭇가지 사이로 동그란 통로가 보였다. 풀숲과 나뭇가지로 만들어진 굴이었다. 허리를 숙여 굴로 몸을 밀어넣으니 그 너머에 길잡이 천이 보였다. 썩은 잎사귀와 잡초 사이사이로 발이 푹푹 빠지고 벌레들이 윙윙거리며 날아다니지만 너무도 신비롭고 아름다웠다.

풀숲의 굴을 빠져나가 조금 더 걸으니 잔디가 깔린 널따란 공터가 눈앞에 나타났다. 체육공원인 모양이었고, 나는 신이 나서 사람 없는 초록 들판 위를 뛰었다. 신랑은 아이처럼 뛰는 나를 물끄러미 보기만 했다.

길안내 리본

신기하게도 이번 여행에선 밖에 나올 때마다 얼굴을 보여주는 한라산이 이번에도 멀리서 완만한 능선으로 우릴 내려보고 있었다.

마을로 돌아가며 가시천으로 향해 걷는 길은 더 멀고 더웠으며 발바닥에 물집이 잡혔다. 신랑도 나도 지치기 시작했다. 가시천 앞에서 결국 나는 주저앉았다. 우린 지도를 따라 끝까지 가지 않고 여행을 멈추고 돌아왔다. 주차장 쪽으로 돌아오니 우리가 걸은 길은 그리 먼 길이 아니라 도시라면 한 블록 정도 거리에 불과했다. 멀지 않았다. 아주 가까이에 있었다.

열.

돌아오지 않는 산책

돌아오지 않는 산책

오늘은 일요일, 우린 개집을 수리하기로 했다. 세월에, 바람에 너덜거리는 개집 입구를 좀 더 깔끔하게 새로 보수하는 일이었다. 어제 하기로 했지만 어영부영하다보니 오늘로 미뤄졌다. 오늘 아침에도 일어나지 못해 이불 속에 얼굴을 파묻고 있는 신랑에게 개집 이야기를 했고, 신랑은 고개를 끄덕였다.

신랑이 산책을 다녀오겠다고 말한 때는 오후 두 시, 오늘은 자동차도 없이 걸어서 가겠다고 했다. 근 일 년여 동안 양산 집에서는 한 번도 산책을 하지 않더니, 제주에

와서 주말마다 제 발로 산책을 나가는 그를 보며 참 다행이라고 생각했다.

혼자서 목욕탕에 다녀온 복희 씨에게, 신랑이 돌아오면 개집 수리를 하자고 했더니 복희 씨는 창고에 있던 파란 방수천을 꺼내 먼저 잘라놓자고 했다. 크기를 가늠하기 위해 개집에 올려놓고 보니 자를 필요도 없이 맞춤이었다. 그냥 지금 방수천을 개집에 묶어버리자고 말한 사람이 복희 씨였는지 나였는지는 기억나지 않는다. 복희 씨는 철사를 끊어왔고, 나는 방수천에 구멍을 뚫어 개집 기둥마다 철사로 동여매면서 이놈의 신랑은 도대체 왜 들어오지 않느냐고 씩씩댔다. '어디에 간 거냐, 개집은 엄마랑 나랑 둘이 고치고 있다, 이 인간아!' 그렇게 카톡을 보내며 나는 그가 짧은 머리를 긁적이며 밭담 너머에서 나타나는 모습을 상상했다.

복희 씨와 개집 수리를 모두 끝내고 새조차 먹을 수 없는 열매를 쏟아놓는 나무 아래에서 휴식을 취하면서도 돌아오지 않는 그를 걱정하진 않았다. 돼지고기를 넣고 끓일까, 참치를 넣고 끓일까, 복희 씨와 찌개 이야기를 하면서도 돌아오지 않는 그를 걱정하지 않았다.

해가 지고, 찌개가 모두 끓고, 복희 씨가 도대체 어떻게 된 거냐고 물었을 때, 휴대전화에 '우리 신랑'이라고 저장된 이름으로 무심하게 전화를 걸 때까지도 나는 또 어딘가 정신이 팔려 시간 가는 줄 모르는 그의 모습을 떠올리고만 있었다. 상태가 좋을 때는 더욱 신이 나서 예상치 못한 일을 저지르곤 했으니, 어쩌면 갑자기 기분이 좋아져 제주 바닷가를 비로소 '여행'하고 있을 거라고만 생각했다.

나가서 찾아보고 오라고 말하는 복희 씨의 얼굴이 조금 창백했다. 자동차를 몰고 바닷가 쪽으로 나가면서도 나는 길가든 바닷가든 신랑을 만나리라는 생각을 조금도 의심하지 않았다.

유난히 관광객이 많아진 평대해변, 포구를 바라보고 있으니 길가에 널어놓은 해초 더미 같은 불안이 덜컥 어깨에 올라탔다. 말도 안 된다고 생각하면서 나는 재작년 말도 안 되는 일이 벌어진 바로 그 자리에 서 있었다.

포구 주변을 서성거리는 몇 사람을 붙들고 물었고 뻔한 대답이 돌아왔다. 사람들이 이렇게 많은 대낮에 그런 일이 벌어졌을 리 없다고 믿으면서도 '추락 주의'라는 푯말이 세워진 포구 쪽으로 천천히 걸었다. 빨간 등대가 선 방파제에는 관광객과 낚시꾼으로 분주했는데 등대도 없고 방파제도 없는 바다 쪽으로 불쑥 길게 뻗은 좁다란 포구에는 사람이 보이지 않았다. 바다 수면 위로 길숙이 뻗어나간 시멘트 길은 유독 적막해 보였다.

시멘트 길 끝에 섰는데, 바다 쪽으로 뚝 끊긴 길 위에 섰는데, 분주했던 인기척이 마법처럼 지워졌다. 갑자기였다. 바로 눈앞에 보이는 지척인데 어떻게 아무 소리도 들리지 않을 수 있지? 저기 사람들이 환호성을 지르며 지나가는 모습이 보이는데 여긴 왜 이렇게 고립된 느낌이지?

"아니지?"

세상의 소리를 모두 지워버린 바람 속에서 그렇게 묻고 나니 등에 올라탄 불안이 큰 입을 벌려 목덜미를 물었다.

"아니지?"

끊긴 길 위에, 어쩌면 누군가 삶을 오래 고민했을 그 끄트머리에, 시퍼런 바닷물은 잘린 길 끝에 선 내 쪽으로 계속 포말의 손을 뻗고 있었다.

'아니지?'

누군가 여기에 앉았다가 조용히 바다 쪽으로 몸을 움직이면 아무도 볼 수 없을 것 같았다. 아주 조용히, 아무도 모르게.

황급히 신랑에게 다시 전화하려고 휴대전화를 들어올려 액정을 누르는데 전화 모양이 아닌 엉뚱한 버튼을 누르고 말았다. 속절없이 떠오른 메모장 속에 최근 구상하고 있는 새 소설의 가제목이 시커멓게 적혀 있었다. 〈세상에 없는 사람〉이었다.

'제주'라는 지옥

그럴 리 없다고 부러 자신 있는 목소리로 웅얼거리며 집에 들어섰다. 밤 여덟 시가 넘어가고 아홉 시도 넘어가는 시간, 새하얗게 쪼그라든 복희 씨의 얼굴은 재작년 이맘때처럼 하염없이 문밖만 보고 있었다.

"무슨 일이 일어난 게 틀림없어, 틀림없어!"

오늘 아침까지만 해도 세상에 두려울 것 없이 기세등등하던 복희 씨가 순식간에 겁에 질린 채 몸을 떨었다.

신랑과 친분이 깊은 동생에게 문자를 보냈지만 상황을 전혀 모르는 듯 '제주도에서 재미있어요?'라고 익숙한 물음만 돌아왔다. 대답 대신 나중에 다시 연락하겠다고 답문을 보냈다. 입안이 바싹바싹 말라갔다.

아니라고, 그럴 리 없다고 복희 씨를 안심시키기 위해 똑같은 말만 반복했지만, 그동안 몇 차례 유서를 쓴 적이 있다던 신랑의 고백이 그제야 떠올랐다. 제주 빛에 탄 것이 아니라 우울에 탄 것일 수도 있는데, 즐거워 웃은 것이 아니라 넋을 놓고 웃은 것일 수도 있는데…. 접혀 있던 시간들이 꼬리에 꼬리를 물고 일어섰다. 너무도 투명하고 맑은 물속이 자신을 부르는 손짓처럼 보이지 않았을까? 이번 우울증은 유독 길어, 벌써 일 년 넘게 곤두박질친 생활을 하고 있었는데…. 그렇게나 오래 상태가 안 좋았던 적은 한 번도 없었는데….

"제발 아무 일도 없어야 할 텐데…. 제발 그래야 할 텐데…. 어디다 연락을 좀 해봐라, 연락을 해봐."

그러나 나는 신랑 어머님의 전화번호조차 가지고 있지

않았다. 그의 여동생 전화번호도, 어머님 집 주소도 몰랐다. 서로를 지킨다고 믿었던 결정은 어쩜 그토록 허술하고 무기력한 것뿐인지. 지금 당장 그가 어디론가 사라져버린다면, 연락처든 주소든 그에게 가닿을 수 있는 끈조차 찾을 수 없었다.

버스라도 타고 제주를 돌고 있지는 않았을까 믿고 싶어 버스 정류장으로 나아가 기다렸다. 해가 지면 캄캄한 암흑이 되고 마는 제주 거리. 어깨에 올라탄 불안을 이기려고 미친 사람처럼 혼잣말만 계속했다.

"아냐…. 이건 아냐…. 아냐, 아닐 거야! 이건 정말 아니다…. 미쳤나봐…. 미쳤어!"

집에서 정류장까지, 정류장에서 다시 집까지 중얼거리다가, 소리를 지르다가, 아니라고 고개를 젓다가, 미쳤다고 허공에 욕하다가, 고개를 들었다. 어떤 얼굴이, 거대하고 새빨간 얼굴이, 한 번도 그렇게 느껴본 적 없는데 너무나도 기괴한 표정의 얼굴이 나를 내려보고 있었다.

"비밀번호를 알려주시겠습니까?"

구좌파출소에 도착한 시각은 밤 열 시가 넘어서였다. 더 이상 불안에만 시달리고 있을 수는 없었다. 복희 씨도 나도 가장 믿고 싶지 않은 불안의 끄트머리로 이미 떠밀려 있었다.

파출소 유리문을 밀고 들어서니 생각보다 많은 얼굴들이 한꺼번에 나를 바라봤다. 최대한 침착하게, 낮에 산책 나간 신랑이 돌아오지 않았다고 말했다. 시간으로 따지면 겨우 여덟 시간 남짓, 누군가 사라졌다고 말하기에 턱없이 짧은 시간이지만 신랑이 이십구 년 동안 우울증을 앓아왔다고 말하자 그들의 표정은 단박에 달라졌다.

산책을 나가는 그의 뒷모습을 찍은 사진이 담긴 휴대전화를 내미는데 울음이 왈칵 치밀었다. 신랑의 신상 정보를 말하고, 거주지를 적고, 내 이름을 말하고, 그가 최근에 우울증 약 복용을 끊었다는 이야기까지 하자 눈물이 마구 쏟아졌다.

경찰은 위치추적을 신청하라고 했다. 알려준 대로 '064' 그리고 '112'를 눌러 전화하니 빠르고 단단한 여성의 목소리가 들려왔다. 신랑의 신상 정보와 전화번호를 말하고 나니, 허위신고일 경우 천만 원 이상의 벌금형에 처할 수 있다는 경고문을 읽어주고는 지금 위치추적을 할 테니 전화를 끊고 기다리라고 했다.

위치추적 결과가 파출소 모니터에 뜨는지 경찰들이 일제히 얼굴을 들이밀어, 나는 볼 수 없는 모니터 속을 들여다보았다. 순간 굉음이 울리더니 "코드 원, 코드 원!" 하며 귀를 찢는 기계음이 파출소 안을 가득 채웠다. 이미 예상했다는 듯이, 알고 있다는 듯이, 모니터를 들여다보던 경찰들의 얼굴이 차갑게 굳었다. 바닷속에 떠다니는 위치추적 표시를 보고 있을까, 엉뚱한 곳에 걸려 있는 위치추적 표시를 보고 있을까? 결국엔 그렇게 되고 말았다고, 모든 것들이 오직 한 가지 사실을 증명하기 위해 거기에 존재할 뿐이라고. 내 입안에는 온통 가시덤불 같은 울음이 가득했다.

바로 그때, 모니터에 얼굴을 묻고 있던 경찰이 마침내 고개를 들어 나에게 물었다.

"어곡동이 어디죠?"

차마 하지 못한 이야기

그분이 돌아가셨다는 연락을 받은 때는 재작년 여름이었다. 두 분에게 발길을 끊은 지 십여 년 만이었다. 몸이 가까워야 마음도 가까워진다는 말을 믿은 적이 있는데, 일 년여 동안 두 분과 같이 사는 '가족'을 꿈꾸다가 실패하고 말았다. 휴가 때나 잠깐 오가며 들여다보던, 이름 모를 꽃들이 가득한 마당 한가운데 그림 같던 두 분의 삶은 완벽히 판타지였다. 매일 일상을 나누고 바라봐주는 일을, 기다리는 일을, 두 분도 나도 제대로 할 수 없었다. 가족이라는 허울 좋은 이름은 따로 떨어져 지낸 수십 년의 시간 앞에 무기력하기만 했다.

마침내 일어나지 말았어야 할 최악의 상황이 벌어지고, 그분이 휘두른 폭력으로 온몸에 퍼렇게 멍이 든 복희 씨를 데리고 제주 곳곳으로 도망쳐 다니다가 나는 끝내 혼자서 육지로 돌아왔다. 복희 씨의 결정이었다. 악에 받친 극단적인 삶으로만 생존해온 그분은 복희 씨를 나에게 빼앗겼다고 믿었고, 무릎을 꿇고 용서를 구하는 나조차 매몰차게 외면했다. 두 분에게서 멀어지는 일은, 처음부터 없었던 존재처럼 그들을 외면한 채 사는 일은, 내가 두 분을 위해 할 수 있는 최선이었다.

십 년 만에 다시 만난 복희 씨의 건강은 말할 수 없을 정도로 엉망이었다. 강박적인 그분을 수발하며 생긴 스트레스로 꼬챙이처럼 말라 몸무게가 사십 킬로그램도 채 되지 않았고, 한쪽 다리를 제대로 쓰지 못해 허리조차 제대로 펴지 못하고 엉금엉금 걸었다. 당신 역시 스스로 운신하지 못하게 된 그분은, 마지막 기운을 짜내 집을 나가 돌아오지 않았다고 했다. 다음 날 아침, 그분의 시신은 포구에 걸려 발견되었다.

그나마 시신이 바다로 떠내려가지 않고 포구에 걸린 채 발견되어 다행이라고 복희 씨가 말했을 때, 그의 얼굴에 뒤엉킨 여러가지 감정의 그늘을 헤아릴 수조차 없었다. 그저 하루 빨리 엉망이 된 당신의 몸을 추스르라고 부탁하는 것이 할 수 있는 전부였다. 신랑과 살고 있는 집으로 오겠냐고 물었지만 복희 씨는 그 제안을 단칼에 끊어냈다. 가긴 어딜 가냐고, 여기가 내 집이라고…. 내가 지켜낸 집이라고. 내 목숨은 내가 알아서 할 테니 너희들 생이나 제대로 건사하며 살라고.

공조 요청으로 출동한 양산경찰서의 경찰은 양산 집 앞이니 현관문 비밀번호를 알려달라고 했다. 아무리 문을 두드려도 안에서 반응이 없으니 비밀번호를 알려주면 들어가서 확인하겠다고. 경찰을 맞닥뜨리고 나서 신랑은 그제야 나에게 전화를 했다.

그에게 소리를 지르다가, 탄식을 쏟다가, 고맙다고 하다가, 이러면 안 되는 거 아니냐고 다그치다가 신랑도 울고 나도 울었다. 뭐가 됐든 죽으면 안 된다고, 절대 죽지 말라고…. 우리 둘은 같이 울었다. 아무 일도 없었던 것처럼 일단 자라고, 내일 아침에 일어나자마자 나에게 전화하라고 부탁하고 집에 돌아오자 기다리던 복희 씨가 "아이구야, 하늘이 도왔다! 하늘이 도왔어!" 하고 탄식하며 바닥에 주저앉았다.

손을 잡아도 되고,
잡지 않아도 되고

잠을 잤는지 않았는지 몽롱한 채 일어났지만 신랑에 대해 걱정하지는 않았다. 신랑이 우울증을 오래 앓기는 했지만 약속은 지키는 사람이다. 아무리 극한의 궁지에 몰려도 그는 자신이 한 약속은 지키는 사람, 나와 같이 사는 동안에는 절대 죽지 않겠다고 오래전 나와 한 약속은 분명히 지켜낼 사람. 아침 여덟 시가 조금 넘자 전화벨이 울렸다. 약속을 지킨, 신랑이었다.

아침 비행기를 타고 가 양산역에서 다시 만난 신랑은 어젯밤 그토록 간절히 소망하고 또 소망한 꿈들의 실현이었다. 나에게 돌아오라고 소리 질렀다가 돌아오지 않아도 되니까 살아만 있으라고 마음속으로 무수히도 외쳤던, 마침내 모두 이루어진 간절하고 간절했던 소원이었다.

식당에서 밥을 시켜놓고 둘 다 울었다. 책 같은 거 안 내도 괜찮다고, 당신이 살아 있어야 한다고, 혹시 내가 부담스럽다면 나랑 같이 살지 않아도 된다고, 내가 당신에게 조금도 도움이 되지 않는 게 속상하고 슬프지만 나와 헤어지는 일이 당신한테 도움이 된다면 아무 상관없다고…. 오래 같이 살고 싶지만 도움이 되지도 않고 오히려 당신에게 부담이 되고 압박이 된다면 나랑 같이 살지 않아도 된다고. 나는 처음으로…. 그의 앞에 진심으로 '이혼' 이야기를 꺼냈다. 우리 헤어져도 당신이 어디선가 훨씬 더 행복하게 잘 살고 있다면 그것만으로 되었다고. 전골이 지글지글 졸아드는 냄비 속에 고개를 처박고 다시 또 그도 울고 나도 울었다.

다행히 그는 그런 건 아니라고 했다. 스스로가 못나 보이는 게 싫고, 언제까지 이렇게 살아야 할지 미래가 두렵고 무서워 견딜 수 없어서 그랬던 것뿐이라고.

그렇다면 괜찮은 거라고, 나는 쓱쓱 눈물을 닦았다. 다시 또 시작하면 된다고, 이십구 년을 버텨낸 엄청난 힘을 지닌 사람이 바로 당신이라고 말해주었다. 앞으로 다시 그만큼만 더 버텨내고 산다면 당신은 지독한 우울증에도 쓰러지지 않고 맞선 삶을 기록한 셈이라고.

우린 다시 제주로 돌아왔다. 여행을 계속하기 위해서였다. 아니, 여행은 계속되고 있었을까? 양산에서 제주로, 제주에서 양산으로, 다시 제주로. 삶에서 죽음으로, 죽음에서 삶으로, 다시 새로움을 꿈꾸어야 하는 삶으로.

복희 씨는 별다른 말 없이 처음처럼 신랑을 반갑게 맞이해주었다. 신랑도 복희 씨에게 별다른 말을 하지 못했다. 용서하고 용서받는 삶이 쓸모 있을까? 이렇게 다시 돌아온 서로에게 잘 왔다, 어서 오라는 환대면 충분하지 않을까?

아무 일도 일어나지 않은 것처럼 우린 잠이 들었고, 눈을 떴고, 다시 복희 씨가 차려준 아침을 먹었다. 오늘은 멀리 가지 않으면서 아주 먼 시공간에 있고 싶었다. 태초의 신비를 고스란히 간직한 숲이 바로 근처에 있었다. 비자림이었다.

열하나.

그래도 비자림

서로의 허리를 끌어안고 자란
나무 둘

잠시였지만 제주에 살기를 꿈꾸었을 때, 지척에 있는 비자림은 아주 좋은 도피처였다. 평일에 가면 직원 말고는 사람이 없고, 몇 발짝만 걸어들어가면 수천 년 전 숲속에 남겨진 것 같은 판타지에 푹 빠질 수 있었다. 머릿속으로만 어지럽던 모든 근원을 눈앞에 마주하며 '아름답다'고 말할 수 있었다. 수백 년을 버티고 선 나무들이 세상에서 가장 느린 몸짓으로 나를 반기는 것만 같았고 뒤엉켰던 내 몸속은 아주 간단히 붕 떠올랐다. 언제든 순식간에 달라질 수 있는 세계를 두 눈으로 목격하는 감격은 그때의 나에게도, 지금의 나에게도 여전히 간절한 것이었다.

자동차를 몰고 멀지 않은 비자림 주차장에 들어섰다. 평일인데도 주차장에 자리가 없었다. 주자창을 몇 바퀴 더 돌다가 간신히 자리를 찾아 주차하고 나왔는데 비자림 입구도 주말 한낮처럼 사람들로 북적였다.

숲속에 들어섰고 그때처럼 곳곳에서 수백 년을 버티고 선 나무들이 우리를 반겼지만 어쩐지 떠밀리는 기분이었다. 뒤따라오는 신랑에게 들릴까 해서 여기저기 신비로운 나무의 꿈틀거림에 손짓하며 환호했지만 좀처럼 마음이 가벼워지지 않았다. '나무들 사이에 원래 이렇게 무언가 많이 있었나?' 당연히 필요한 구조용품인데 곳곳마다 들어선 새빨간 것들이 자꾸 거슬렸다.

어느새 나도 조용히 길을 따라 걷기만 했다. 사람들이 나타나면 거리를 두면서 옆으로 피하고 머뭇거리는 사람들을 재빨리 지나쳤다. 좋지 않냐고 연거푸 신랑에게 물었지만 그는 대답하지 않았다. 그는 지금 '좋다'고 말할 수 없는 사람인 걸 알면서도 나는 자꾸 그를 다그쳤다.

몇 번 다그치다가 그만뒀다.

비자림에서 가장 큰 볼거리는 '새천년 비자나무'였다. 엄청난 위용으로 현란한 시간의 아름다움을 하늘로 들어 올린 나무 한 그루가 선 풍경에는 무엇이든 압도하는 힘이 있었다. 그러나 숲 바깥에서는 상상도 할 수 없는 거대함 앞에서도 내 마음은 녹지 않았다. 바로 곁에 비자나무 연리목도 있다는데 마음이 내키지 않았다. 두 그루가 뒤엉켰겠지, 뿌리부터 뒤엉켰든 가지에서 뒤엉켰든 어쨌든 뒤엉켰으니 '연리'겠지. 누군가 고심하며 붙였을 이름조차 마음속에서 서걱거리며 읽혔다.

기대도 없이 떠밀리듯 우린 사람들의 발자국을 따라갔다. 머지않은 곳에 동그랗게 깔린 나무 데크가 나타났고, 예상한 대로 뒤엉킨 나무 두 그루가 나타났다. 그런데 단순히 뒤엉킨 모습이 아니라 한 그루가 다른 나무의 허리춤에 손을 올리고 있었다. 나무에게 손이나 팔 같은 게 있을 리 없는데 정말 그렇게 보였다. 하늘로 뻗은 나뭇가지 왕관을 쓴 두 그루 나무가 서로를 마주보는 모양이었다. 그럴 리 없는데 정말 허리를 끌어안은 것 같았고, 허리를 내맡긴 것 같았다. 당연히 인간의 눈이 만든 허상이

비자림 연리지 나무.

겠지만 바로 그 허상 덕분에 마음속 깊은 골짜기에 물이 흘렀다. 차갑게 언 머릿속도 두부처럼 물러졌다.

사람들이 나무 앞에 줄을 서서 사진을 찍었다. 나무처럼 서로의 허리를 팔로 두르고 찍었다. 내 모습을 바라본 신랑의 얼굴은 변함없이 무표정, 싫다는 뜻이었다. 그렇다고 내 설렘까지 지울 필요는 없는 일.

나는 혼자 나무 앞에서 포즈를 잡았다. 보이지 않는 허공의 허리라도 두르려는 사람처럼 팔을 내밀었다. 연리지 앞에, 나 혼자만 사진을 찍었다. 신랑을 곁에 두고 홀로 찍었다. 그 정도면 충분했다.

업히지 않아도 괜찮은 등짝

비자림에는 언제나 평화가 필요해서 찾아왔다. 여기 이 세상에 내가 찾는 평화는 없겠구나, 싶을 때 더욱 생각났다. 겹겹이 둘러쓴 모든 문명의 껍질을 벗어버려도 괜찮을 것 같았고, 무엇이든 용서받을 수 있을 것 같았다. 하지만 이제 그럴 수 없겠구나 싶었다. 여기에서 그때의 평화를 찾으려는 내 마음은 이제 욕심이 되어버렸다.

정말 욕심일까? 포기해야 하는 걸까? 아침 일찍 오면 안 될까? 새벽녘에 오면 되지 않을까? 비 오는 날 오면 어떨까? 눈 오는 날 오면 괜찮을까? 다리에 힘이 빠졌다. 겨우 점심 즈음이었는데 피로가 몰려왔다.

"자기야, 나 업어줘."

두 사람이 삶을 함께한 지 십 년이 지나면 혼잣말을 닮아가는 말들이 생긴다. 대꾸하지 않는 것이 당연한 일이고 기대하지도 않으면서 입 밖으로 내뱉고야 마는 말들. 실은 나 자신을 위해 해야 하는 그런 말들.

우리 부부의 경우엔, 아니 나의 경우엔 힘들다는 말을 입 밖에 내기 싫을 때 에둘러 쓰는 표현 중에 하나가 '업어달라'는 말이었다. 물론 업어달라는 어울리지 않는 투정에 그는 한 번도 대꾸해준 적이 없었다.

그런데 이번엔 한 발짝 떨어져 따라오던 신랑이 대뜸 내 앞에 허리를 굽히고 등을 내밀었다. 백칠십팔 센티미터의 거구에 나날이 살이 찌고 있어 그에게 업히는 일은 상상할 수도 없는데 무심하게 나를 향해 열린 등을 보니 코끝이 찡했다.

깍지 어부바.
건

"우와, 이게 얼마만이야!"

장난치듯 신랑의 등에 매달리는 시늉만 하다가 금방 내려왔다. 그가 나를 업겠다고 등을 내민 모습은 정말 오랜만이었다. 업히는 대신 나는 그의 엉덩이를 쳐주고, 등을 쓰다듬어주고, 팔짱을 꼈다. 꼭 업혀야 하는 건 아니었다. 피로했던 것이 몸이 아니었으니 그럴 필요 없었다. 고맙게도 비자림은 여전히 나에게, 아니 우리에게 평화였다.

예상하지도, 기대하지도 못한
시간 앞에 서는 법

제주의 날씨를 쉬이 가늠할 수 없는 까닭은 제주가 바다의 일부이기 때문이다. 육지에서 온 사람은 육지의 풍경을 닮은 제주 속에서 제주가 바다의 일부임을 쉽게 잊고 만다. 익숙해진다는 것은 지워지는 일. 제주는 서울 면적의 세 배 크기이지만, 바다에서의 크기를 따지자면 보일락 말락 한 점 하나에 불과하다. 그러니 제주의 하늘은 바다처럼 투명하고 아름답기도 하면서 또한 거칠 것도 없으니 변덕스럽고 예측할 수 없을 수밖에.

그래서 조금이라도 바다가 보이는 곳에 사는 제주 사

람들은 아침에 일어나 제일 먼저 바다 쪽을 바라본다. 하얀 포말이 얼마나 높은가, 구름이 어느 곳에서 뭉쳐 어디로 흘러가는가, 바다와 하늘을 가늠하고 나서야 비로소 자신의 하루를 그에 맞춰 시작한다.

"도대체 이게 뭔 조화래, 알 수가 없네."

복희 씨는 벌써 한 달 넘게 똑같은 말만 반복했다. 제주에서 산 지 이십 년이 훌쩍 넘은 복희 씨도 올해 제주 날씨를 도저히 이해할 수 없다고 토로했다. 신랑을 데리러 육지에 다녀오던 날에는 어찌나 모래바람이 불던지, 아랫마을 하늘이 새카맸다고 했다. 지금 즈음 당근 밭을 갈아 흙먼지가 날릴 때이긴 하지만, 오월이 다 지나가도록 냉기 머금은 바람에 이렇게 모래바람만 날리는 경우는 처음이라며 혀를 찼다.

올해보다 더 이상하고 믿을 수 없는 일이 벌어진 때가 있을까? 영화에서나 보던 일들이 너무나도 가까이에서 일어났고 여전히 일어나고 있으며 앞으로도 계속될 것이다. 여행 중이어도 다를 건 없었다. 영화 같은 일들은, 소

← 난로.

설 같은 일들은 앞으로도 끊임없이 우리를 절망에 빠트리고 또 환호하게 만들 것이다.

연거푸 탄식을 쏟는 복희 씨의 말에 나는 대답하지 않고 온라인으로 구입한 이만 원짜리 전기 난로를 꺼내 켰다. 막대사탕 같은 오렌지색 불빛 하나가 보일러도 들어오지 않는 방을 온 힘을 다해 데웠다.

열둘.

한동리 마을에서

보호받고 보호하는 존재들

그의 우울은 어떤 여행일까? 어디로도 가지 않으려고 하니 제자리를 맴도는 여행일까? 어린 시절 트라우마에 묶여 있으니 뒤로 가는 여행일까? 스무 살에도, 서른 살에도, 마흔 살에도 조금도 달라지지 않았다는, 도망치고 싶은 마음. 길 밖으로 벗어나려는 마음, 주저앉고 싶은 마음. 스스로의 삶이 여행일 리 없다고 말하는 그에게 정말 여행의 자격은 없는 걸까?

오늘은 한동리에 가보았다. 한동리는 구좌읍에 있는

동네로 복희 씨의 집이 있는 마을과 맞닿은, 아주 가까운 곳이다. 일주도로를 중심으로 바닷가 쪽의 한동리 서동, 한동리 하동 그리고 내륙 쪽의 한동리 상동으로 나뉜다. 월정리, 평대리와 인접하고 있어 어느새 음식점과 카페들이 가득 들어찼는데, 일주도로를 건너 내륙 쪽에는 원래 살던 주민들의 진짜 마을이 소담하게 자리해 있다.

우리는 한동미술관 근처에 차를 세웠다. 그리고 미술관이 아니라 마을 쪽으로 걸어 내려갔다. 숙박업을 목적으로 새로 지은 듯한 건물 옆을 지나는데 다리 짧은 개 두 마리가 짖지도 않고 꼬리를 흔들며 다가왔다. 아이도 개도 별로 좋아하지 않는 신랑은 'MADANG'이라고 적힌 나무 대문 사이로 손을 밀어넣어 개의 머리를 쓰다듬어주었다. 잔디가 깔린 작은 마당 끝에는 개 두 마리의 이름이 큼지막이 써 있었다. 구월이 그리고 일월이.

주민들이 사는 마을을 여행할 때 특히 유의하는 몇 가지 원칙이 있다. 말소리나 발소리를 줄일 것, 주민을 만나면 공손히 인사할 것. 남의 집 마당도 아니고 공도에서 그럴 필요까지 있냐고 말하는 사람도 있겠지만 나는 여행의 다른 이름은 '침입'이라고 생각한다. 그곳에 사는 사람들과 풀벌레들은 일방적으로 마주하게 되는 웃는 얼굴들의 침입.

우리는 몸을 낮추어 조용히 걸었다. 어차피 신랑은 말이 없는 사람, 나 역시 그에게 말을 강요하지 않는 사람. 모두 이어져 있는 길인 줄 알고 골목을 걷다가 막다른 골목에서 다시 되돌아 나오고, 강한 바닷바람 때문에 한쪽으로만 휘어져 자라는 나무들을 올려다 봤으며, 무심히 핀 꽃들을 향해 조용히 탄성을 질렀다.

큰길가로 나오니 넓은 도로 위에 삼십 킬로미터 속도 제한 표시가 보였다. 주변에 초등학교가 있나 싶어 둘러보는데 노란 표지판 속 파란 삼각형 안에 두 사람이 서로 손을 잡고 있었다. 제주에서는 흔히 볼 수 있는 '노인 보호구역' 표지판이었다.

노인 보호구역 표지판 아래에서 한참을 서 있었다. 어떤 부탁 같았다. '우리 아이를 부탁합니다'라는 말처럼 '우리 부모님을 부탁합니다' 같은. '당신의 부모님과 다르지 않은 분들입니다' 같은.

노인 보호구역 표지판을 처음 생각해낸 사람은 누구

노인 보호구역
노인 보호
30
경로당
30

일까? 어디에나 보호받아야 하는 존재가 있으며, 우리는 누구든 보호하는 존재여야 함을 일깨우는 선명한 부탁들.

모호하고 흐릿한
그림이 전하는 부탁

우리는 표지판 아래를 지나 다시 조용한 골목으로 걸어 들어갔다. 문 앞에 인기척이 없는 집들을 쓸쓸하다고 표현할 필요는 없다. 여기 이곳의 속도는 어딘가와 다르고 그렇다면 생각의 밀도 역시 당연히 달라야 하는 법. 그 사이를 쉽게 오가는 자유가 여행자의 권리가 아니라는 사실을 깨우칠 때, 그제야 여행의 경험은 우리를 성장시키는지도 모른다.

발소리를 죽여서 골목으로 조금 더 깊숙이 걸어 들어가니 예상하지 못한 풍경이 나타났다. 벽화였다. 시골 마

을의 벽을 물들인 벽화를 만나는 일은 어느새 지루한 경험이 되어버렸는데도 그날의 벽화는 조금 달랐다. 원주민들이 살았던 곳으로 보이는 낡은 집 벽 한쪽에 그림이 있었다. 그림이라고 표현했지만, 초록빛 기다란 타원과 그 아래를 받친 고동빛 직사각형 하나가 전부였다. 누구나 간단히 '나무'를 상상할 것 같은데, 그 앞에 서니 정말 그렇게 간단히 결론지어도 되는 걸까 의문이 들었다.

나무를 그렸다면 제주의 상징인 팽나무나 삼나무를 그리고 싶지 않았을까? 특별하지도 않은 나무 한 그루를 이렇게 크게 남기는 일은 어떤 의미에서였을까? 한 그루가 아니라 두어 그루 겹쳐 그려 숲을 이루면 이 초록의 타원형 그림이 나무라는 걸 더 쉽게 증명할 수 있지 않았을까?

그럴 리 없다는 생각이 쌓이고 또 쌓이자 눈앞에 그림은 나무 아닌 다른 것처럼 보였다. 나무가 아니라면 단박에 다른 걸 상상하기는 쉽지 않았지만 그럼에도 나무라고 믿기에는 어딘가 모호하고 투박한.

그런데 이토록 명확하지도 않고 엉뚱한 그림 하나가 왜 이리도 아름다워 보일까?

열셋.

보말의 맛

지금거리는 지금지금

제주에 오고 며칠 지나지 않았을 때 복희 씨는 보말을 국에도 넣고 파전에도 넣어 먹는다며 나중에 보말을 따러 바닷가에 가자고 말했다. '딴다'는 말과 '바닷가'라는 말이 서로 어울리지 않을 것 같지만 우린 전복도 미역도 '딴다'고 표현한다. 보말이 어떻게 생겼는지 모르니 '딴다'는 말이 어울리는지 알 수 없지만, 우린 그 말을 '바닷가에 가보자'는 말과 비슷하다고 생각했다.

평대 앞 바다에도 보말이 있지만 성산 쪽 바다의 보말이 훨씬 덜 '지금거린다'고 복희 씨는 말했다. '지금거린다'

는 말이 무슨 뜻인지 정확히 모르는데도 신랑도 나도 듣는 순간 그 뜻을 단박에 파악했다. 조개나 고둥을 먹을 때 입 안에서 '지금지금' 하던 느낌을 우리 둘 모두 알고 있었다. 모르는 말인데 단박에 이해하는 능력은 어디에서 어떻게 생기는 걸까?

세화 해안도로를 따라 성산 쪽으로 차를 몰았다. 복희 씨는 우리 몫의 장갑 두 켤레와 비닐봉지 몇 장을 챙겼다. 어디냐는 물음에 복희 씨는 계속 허공을 가리켰다. "쩌기, 쩌어기. 좀만 더 가면 나와야! 쩌기, 쩌어기!" 복희 씨의 말은 언제나 흐리멍텅했고 우린 이제 다그치지 않고 좀 더 기다릴 수 있게 되었다.

성산일출봉이 보이는 해변에 도착하니 이미 몇몇 분들이 해안가 끝에서 돌 속에 있는 무언가를 찾고 있었다. 복희 씨는 "저 양반들은 전문적으로 고둥이나 소라를 따러 다니는 사람들이고, 보말 같은 건 쳐다보지도 않는다"고 했다.

물이 빠진 바위 위로 가보니 크고 작은 돌들 위에 엄지 손톱만한 것들이 다닥다닥 붙어 있었다. 복희 씨에게 이게 보말이냐고 물으니 아니라며 그건 못 먹는다고 답하고는 그만.

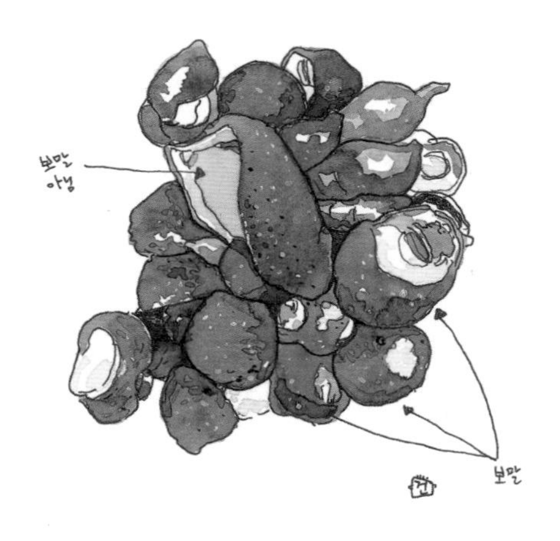

돌을 들춰야 나온다며 이게 보말이라고 보여준 것은 작은 고둥처럼 생긴 것이었는데, 이끼 같은 푸르스름한 빛깔로 덮여 있었다. 초록 이끼가 많은 바위에 돌의 일부 같은 보말 서너 개가 찰싹 들러붙어 모여 있었다. 우리 셋 같았다.

보말 캐시는 장모님.

된장국에도, 파전에도 넣었지만

허리를 낮춰 돌들을 들추고 손가락을 틈 사이에 밀어 넣어 바위에 붙은 것들을 떼어내는 일은 당연히 즐겁지만은 않았다. 보말을 한 줌 정도 골라 비닐봉지에 넣고 나니 허리가 아프기 시작했다. 신랑도 돌들 사이를 위태롭게 다니다가 마른 돌 위에 주저앉았다. 복희 씨만 돌들 사이를 날아다니듯 걸었다.

한 시간 남짓 바위에 붙은 보말을 따고 나니 비닐봉지를 제법 채울 정도가 되었다. 물론 대부분 복희 씨가 딴 보말이었고 신랑과 내가 딴 보말은 한 줌 남짓이었다.

보말을 따고 나면 작업이 끝나는 게 아니라 보말인 것과 보말 아닌 것을 골라내는 일을 해야 했다. 일단 겉에 붙은 해초와 다른 지저분한 것들을 씻어내야 하니 흐르는 물에 대여섯 번 바락바락 문질러 닦았다.

그렇게 씻고 나면 정말 끝나는 줄 알았는데 한꺼번에 모두 삶아 알맹이를 빼내야 한다고 했다. 그것도 일일이, 옷핀이나 바늘을 들고서 하나하나.

허리를 굽히고 위태롭게 바위틈을 걸어다니며 제대로 보이지도 않는 것들을 주워모으는 노동도 모자라 씻는 노동에, 그 작은 알맹이들을 일일이 모두 뽑아내는 노동도 남아 있었다. 아직 제대로 된 요리는 시작도 하지 못했다. 바구니 안 가득 쌓인 삶은 보말을 하나씩 집어들어, 옷핀을 껍질 속으로 밀어넣고서 빙그르르 돌려 알맹이를 빼내는, '인형 눈알 붙이기' 같은 작업 시작.

셋이 앉아 한 시간 정도 매달렸지만 반도 채 끝내지 못했다. 신랑과 나는 결국 포기한 채 나가 떨어지고 복희 씨도 바닥에 앉아 혼자 하는 게 낫겠다며 테이블에서 바구니를 끌어내려 바닥에 앉았다. 그리고 익숙한 자세로 바구니를 허벅지 사이에 끼우고서 인형 눈알… 아니, 보

보말 속 빼기.

말 알맹이 꺼내기 작업 시작.

"그 아저씨들이 왜 이걸 그냥 버려두고 가는지 이제야 알겠네. 오천 원 주고 한 줌 사다 먹는게 낫지, 이거 원…."

돕지도 않고 어깨만 두드리면서 얌통머리 없는 소리를 하는 나를 본 척 만 척, 복희 씨는 오후 늦게까지 보말 알맹이를 땄다.

마침내 "아구구" 소리를 내며 일어나 집 된장 가득 푼 물에 두부와 호박을 썰어넣고 보글보글 끓이니 달큰하고 알싸한 향기가 집 안 가득. 이제야 하루 종일 노동한 대가를 맛보겠구나. 뚝배기에 담긴 보말 알갱이를 한 가득 퍼 입에 넣으니 입안 가득 '지금지금.'

다음 날, 기름에 튀기면 괜찮을까 싶어 파전에도 한 가득 넣고서 보말 가득한 쪽을 떼어 입에 넣었지만 여전히 '지금지금.'

"올해에는 정말 전부 다 뭔 일인지 모르겠네!"

복희 씨도 지금거리는 맛을 견디기 힘들었는지 한숨 푹 쉬며 내뱉었다. 세 사람, 하루치 노동 '지금지금' 허공으로.

열넷.

한라산을 알고 있습니까?

더 늙으면
정말 못 갈 거 같아서

오래전부터 복희 씨는 한라산에 올라보고 싶다고 말했다. 내가 발길을 끊기 전인 십여 년 전에도 똑같이 말하곤 했다. 그때마다 복희 씨 옆에 앉은 그분은 "다 늙어서 어딜 가느냐" 하며 눈을 부라렸다. '늙었다'는 말이 어떻게 나이 육십 몸을 짓눌렀던 건지, 그 시절 복희 씨를 괴롭힌 것이 '나이'가 아님을 모르던 나는 더 이상 말을 보태지 못했다. 복희 씨 혼자서는 아무 데도 가지 못하게 하는 그 양반의 집착을 알지 못한 채, 나이 드시고도 두 분의 금슬이 좋다고만 생각했다.

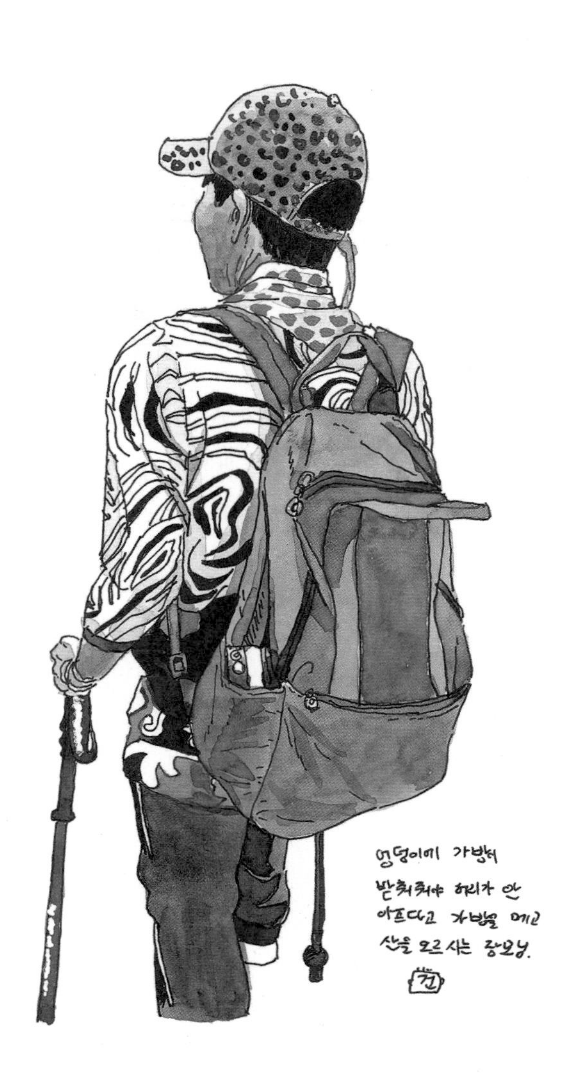
엉덩이에 가방이
받쳐줘야 허리가 안
아프다고 가방을 메고
산을 오르시는 장모님.

이번에 신랑과 같이 제주에 내려오고서도 복희 씨는 한라산에 가보고 싶다고 다시 또 말했다. 재작년에 한쪽 다리를 거의 못 쓰다시피 할 때는 엄두도 나지 않았는데 그분이 돌아가시고 건강을 되찾고 나니, 정상까지는 아니더라도 가보는 데까지 가봤으면 좋겠다고 이야기했다. 더 늙으면 정말 못 갈 것 같으니, 너희가 왔을 적에 한 번 가보고 싶다고.

처음에는 복희 씨가 과연 한라산을 오를 수 있을까, 사려니숲길 정도 걷고 오자고만 생각했다. 한데 '지금이 아니면'이라고 말하는 복희 씨 얼굴에 스쳐가는 의지가 보였다. 복희 씨가 여생 동안 해보지 못한 일들 중에, 하고 싶던 일들 중에 한라산에 오르는 일은 어디쯤 있었을까?

복희 씨는 처음 들어본 말
"정말 장하십니다"

가난한 집에, 버려진 자식처럼 자란 복희 씨는 어렸을 때 결핵을 앓으며 죽다 살아났고 때문에 평생 기침을 달고 살았다. 조금만 힘들면 숨이 가빠오고 가슴 통증을 느끼며 주저앉고 말았다.

이번에 한라산 등반을 결정하며 복희 씨도 우리도 가장 걱정했던 부분은 바로 이것이었다. 긴 거리의 등반을 과연 제대로 할 수 있을까, 걱정이 먼저였다.

관음사에서 올라가는 코스는 경치도 아름답고 거리가 짧은 편이지만 조금 험한 편이고 그에 반해 성판악에

장모님
포즈

서 올라가는 코스는 길지만 그만큼 완만해 오르기 쉬운 편이었다. 특히 성판악에서 사라오름까지 코스는 산책이라고 불러도 좋을 만큼 가볍게 나섰다가 돌아올 수 있는 코스로 알려져 있다. 나 역시 가본 적 없는 사라오름은 복희 씨에게도 한라산에 다녀올 수 있는 최적의 코스였다.

복희 씨는 일단 지인에게서 등산 스틱을 빌렸다. 우리 두 사람은 산책하는 마음으로 복희 씨를 따라나섰다. 고구마며, 오이며, 초코파이까지, 가방에 무얼 그리 많이 챙겨 넣었냐고 물었더니 가방의 무게가 어느 정도 있어야 힘들 때 허리가 꼬부라지지 않는다고 복희 씨는 말했다. 그래서 나는 최대한 짐 없이 길을 나섰다. 여차하면 내가 복희 씨의 짐을 짊어지게 될 테니. 그의 말이 정말일까 거짓일까 의심스러워도 일단 믿어보기로 했다.

평일인데도 등반객이 의외로 많았고, 우리는 성판악에 도착한 뒤 서둘러 본격적인 한라산 등반 코스로 들어섰다. 신랑은 먼저 앞서 걷고 나는 복희 씨와 보조를 맞추며 최대한 천천히 걸었다. 무리할 필요 없다고, 무조건 천천히 가면 되는 일이라고, 힘들면 언제든 포기하고 내려가야 한다고 복희 씨에게 연신 당부했다. 복희 씨는 등산 스틱으로 등산로를 짚으며 천천히 걸었다. 젊은 사람들은 잰걸음으로 지나쳐갔지만 우리는 복희 씨 걸음에 맞추어 최대한 느리게 걸었다. 나는 복희 씨 뒤에서 "천천히, 천천히" 그 말만 계속 반복했다.

처음에는 조금 힘겨워하는 것 같더니 복희 씨는 이내 자신만의 속도를 찾아냈다. 보통 사람이라면 성판악에서 한 시간 조금 넘어 도착하는 속밭대피소에, 우리는 한 시간 삼십 분을 훨씬 넘겨 도착했다. 사람들이 쉬고 있는 속밭대피소에 가까이 오니 등산객들이 복희 씨를 향해 한마디씩 해주었다.

"조금만 더 힘내십시오."
"정말, 장하십니다."

복희 씨는 처음 들어본 말들에 "허허" 하고 웃었고, 나는 복희 씨 대신 그의 뒤에서 "감사합니다" 하며 고개를 숙였다. 속밭대피소 의자에 앉고서야 땀에 젖은 복희 씨의 얼굴이 환해졌다. 복희 씨 얼굴에 한 번도 본 적 없던, 어쩌면 한 번도 가져본 적 없을지도 모를 자신감이 어렸다.

"가보는 데까지 가봐, 가보는 데까지"

오이를 세 조각으로 쪼갠 뒤 입에 물면서, 복희 씨는 가보는 데까지 가보자고 했다. 나는 부러 모른 척했는데 그는 연거푸 가보는 데까지 가보고 싶다고 했다.

속밭대피소에서 사라오름 입구까지 1.7킬로미터, 이제 한 시간 반 정도 오르면 되는 거리만 남아 있었다. 그러나 진달래밭대피소까지 가려면 사라오름을 지나 다시 또 한 시간 넘게 더 올라가야 했다. 진달래밭대피소는 한라산 정상 바로 아래에 있어 기상이 악화되면 백록담까지 가는 길이 폐쇄되고 그러면 등산객들이 정상 삼아 올랐다가 내

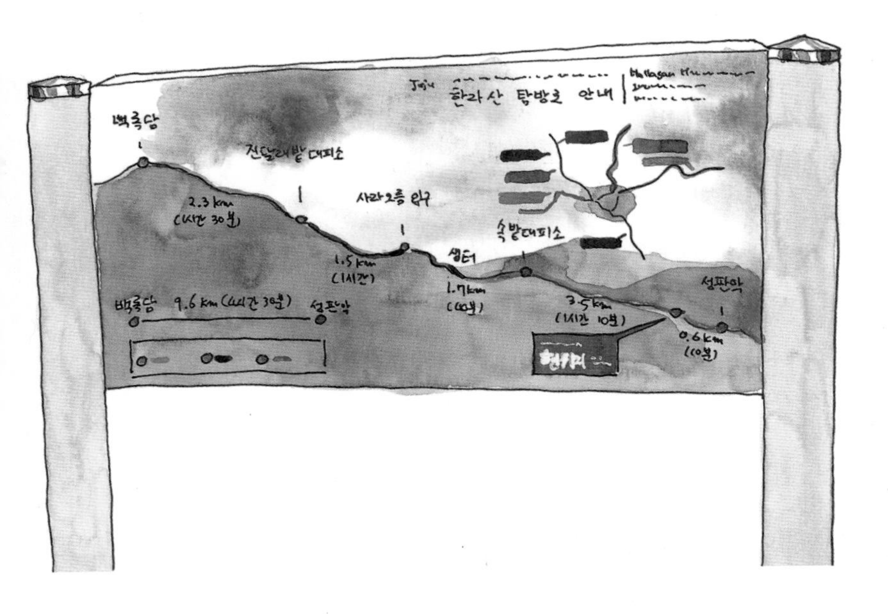
Jeju
한라산 탐방로 안내
백록담
진달래밭 대피소
2.3km
(1시간 30분)
사라오름 입구
1.5km
(1시간)
샘터
속밭대피소
1.7km
(40분)
3.5km
(1시간 10분)
성판악
0.6km
(10분)
백록담 9.6km (4시간 30분) 성판악

려가는, 그야말로 등산 코스의 끝이나 다름없었다.

복희 씨에게 정말 괜찮겠냐고 물었다. 성판악에서 속밭대피소까지 올라오는 거리나 시간만 생각하고 올라가면 될 것 같지만, 사라오름 입구에서 진달래밭대피소까지는 이전과는 다른 본격적인 등산로였다. 길도 험하고 가팔라진다. 아무래도 무리가 되지 않을까 걱정하는데 복희 씨는 "가보는 데까지 가봐" 그 말만 반복했다.

신랑의 얼굴을 봤다. 신랑은 어깨만 으쓱했다. 숨이 차지 않은지 다시 물었고, 복희 씨는 다리만 좀 아플 뿐 이상하게도 괜찮다고 말했다. 당신도 숨이 가빠오면 어떡할까 걱정했는데 아무렇지 않다고 했다.

조금 망설여졌지만 다른 방법은 없었다. 복희 씨가 괜찮다고 하면 따르는 수밖에. 젊은 것들이야 그의 발걸음에 보조를 맞추어 함께 가는 수밖에.

우리는 사라오름이 아니라 진달래밭대피소를 향해 걸음을 옮겼다. 길은 조금씩 가팔라지고 커다란 돌들이 무더기로 깔린 길이 나타났다.

"천천히, 서두르지 마시고. 힘들면 포기해도 괜찮아요."

나는 복희 씨 걸음에 맞추어 걷고 또 걸었다.

원래 목적지였던 사라오름 입구가 나타났다. 정상을 갔다가 내려오는 사람들이 "진달래밭대피소에 오후 한 시까지 도착하지 못하면 백록담에 올라갈 수 없다"고 알려주었다. 나는 우리의 정상은 그곳이 아니라고 말했다. 우리의 목표는 다른 곳에 있다고. 우린 지금 우리만의 정상을 향해 다같이, 우리만의 속도로 아주 느리게 나아가고 있는 중이라고.

"아이고,
진달래 없는 진달래 밭 차암 예쁘다"

복희 씨는 돌을 밟지 않고 피해 걸었다. 진달래밭대피소까지 가는 등산로 비탈에 돌들이 빼곡히 박혀 있으니 돌을 밟고 걸으시라고 말해도, 복희 씨는 피해 걷는 것이 편하다고 했다. 그것이 그에게 어떻게 다른지 어떻게 편한지 알지 못하지만 더 이상 묻거나 다그치지 않기로 했다. 사선으로 떨어져 복희 씨의 걸음을 지켜보며 내 걸음만 걸었다. 나란히 걸으면서 나란하지 않고, 앞뒤로 걸으면서 서로에게 부담이 되지 않도록 사선 방향에서 걸었다.

가파른 돌길이 이어지다가 더욱 가팔라서인지 데크로 만들어진 길이 이어지고 다시 또 돌길이 이어지다가 마침내 평평한 길이 나왔다. 우리 머리 위를 가리던 나무들 사이로 하늘이 보이고 지금 우리는 갈 수 없는 한라산 정상이 오름 하나처럼 지척에 보였다.

복희 씨는 조릿대 군락 너머에 피어 있는 꽃들을 가리키며 탄성을 질렀다. 대피소에 전력을 공급하는 발전소가 보이고 그곳을 돌아서자 그제야 진달래밭대피소 건물이 나타났다. 데크 한가운데 키가 큰 꽃나무의 하얀 꽃들이 우리를 환영하듯 왕관처럼 눈부시게 피어 있었다.

"우와, 우리 엄마 장하네! 칠십이 훨씬 넘어 진달래밭대피소까지 왔네! 앞으로 보는 사람들마다 자랑하셔, 내가 이 나이에 내 두 다리로 한라산 꼭대기까지 올라갔다 온 사람이다, 보는 사람마다 자랑하셔!"

"아이고, 너무 좋다! 차암, 좋아!"

주름진 얼굴의 복희 씨는 탄성을 뱉었다. 꽃나무 아래에서 꽃 무더기보다 더 환하게 웃었다.

진달래밭 대피소에서
모녀.

복희 씨는 새하얀 꽃나무 아래에서 나와 함께 사진을 찍고, 신랑과도 사진을 찍었다. 대피소 계단에 앉아 지고 올라온 가방을 열었다. 땀으로, 햇살로 새빨갛게 그을린 서로의 얼굴을 바라보며 남은 오이 조각을 씹어 먹었고, 초코파이를 나누어 먹었고, 우걱우걱 고구마를 씹어 먹었다. 아마도 복희 씨 평생 제일 근사한 식사이지 않았을까? 오래도록 그리워한 자식들과 함께한.

불운은 항상
예상치 못한 곳에서

한라산 정상으로 향하는 길은 이미 닫혀 있었지만 우리 중 누구도 손톱만큼도 섭섭해하지 않았다. 진달래밭 대피소에서 가장 멋지고 간단한 식사를 하고 왕관 같은 흰 꽃이 가득한 꽃나무 아래에서 사진 몇 장을 더 찍고 정상 반대쪽으로 향했다.

다시 또 복희 씨에게 서두르지 말아야 한다고, 힘들면 쉬어가야 한다고 당부하고 아래로 향했다. 복희 씨와 걸음을 맞춰 걷는 나와 달리, 신랑은 올라올 때는 먼저 올라가 기다리곤 했는데 이번에는 우리와 같이 속도를 맞춰 걸었다. 우리 앞에 먼저 가지 않고, 우리 뒤에서 우리 두 사람을 살피며 걸었다. 우리를 살피는지 아니면 앞서 걷는 것보다 뒤에서 걷는 편이 낫다고 생각했는지 모르지만, 어쩐지 등 뒤가 허전하지 않고 든든했다.

이미 한라산 정상을 다녀온 사람들이 이번에도 우리를 지나쳐 빠르게 걸어 내려갔다. 올라올 때는 보지 못했던 것들을 찬찬히 보며 여유롭게 걷는 복희 씨는 한결 가벼워 보였다. 그러다가 한순간 갑자기 비명을 지르며 주저앉았는데, 등산로 데크 틈에서 꿈틀거리는 뱀 한 마리가 고개를 내밀고 기어나와 느릿느릿 길 밖으로 사라졌다.

"슈숙, 슈숙! 엄마, 또 뱀 나와, 조심하셔! 슈숙 슈숙!"
"걱정 말어, 저건 새끼 뱀이여. 뱀 안 나온다!"

부러 뱀 소리를 흉내 내며 나는 어딘가 있을 뱀들을 쫓았다. 복희 씨의 걸음은 여전히 당당하고 힘찼다. 하루 종일 등산하며 젊은 사람도 피곤이 극에 달할 즈음인데도 발걸음이 가벼운 복희 씨를 보니 너무도 좋았다. 마음의 큰 돌 하나를 내려놓은 듯 내 발걸음까지 가벼워졌다.

한데, 신랑은 어디 있지? 돌아보니 우리를 뒤따라오던 신랑이 보이지 않았다. 차마 복희 씨를 돌려세우진 못하고 텅 빈 등산로를 가만히 돌아보았다. 가파른 등산로 속에서 어서 빨리 그의 모습이 나타나기를 기다렸다. 며칠 전 등에 올라탔던 불안의 자리가 욱신거리며 아파올 즈음, 신랑의 옷자락이 키가 큰 나무들 사이에서 보였다. 안도의 숨 길게 한 번. 그래, 아닐 거야. 다시 또 긴 숨 한 번.

혹시 신랑이 내 걱정스러운 얼굴을 보면 부담이 될 테니 어서 빨리 아무 일도 없었던 것처럼, 기다리지 않은 것처럼 복희 씨에게 가야지. 황급히 몸을 낮추며 신랑에게 들키지 않았나 살피며 발을 내미는데 발끝이 바닥에 닿지 않았다. 순식간에 발목은 뒤틀렸고 엄청난 통증이 온몸을 집어삼켰다.

"아악!"

비명을 지르며 나는 그대로 등산로 위에 고꾸라지고 말았다. 모든 것이 끝났다고 안도하는 바로 그 순간, 이제 모든 마음의 무게가 가벼워졌다고 생각한 바로 그 순간, 불운은 다시 나를 통째로 내던졌다.

주저앉아버린 모두를 위하여

발목을 잡고서 비명을 지르며 나뒹굴었다. 발목이 부러진 것만 같은 엄청난 고통이었고 '끝내 이런 일이 벌어지고 마는구나' 싶었다. 온몸이 부들부들 떨리는데 놀란 복희 씨의 목소리가 들렸다. 나에게로 느릿느릿 뛰어오는 신랑의 목소리도 들렸다.

눈을 뜨니 하늘이 보였다. 신랑 손을 잡고 몸을 일으키는데 몸이 계속해서 마구 떨렸다. 다행히 발목이 크게 꺾이거나 뒤틀리진 않아 보였다. 금세 퉁퉁 부어올랐을 뿐, 통증으로 견디기 힘들 뿐, 뼈가 부러진 것 같지는 않았다.

그것만으로도 너무나 다행이었다.

마침 지나던 한 분이 모노레일을 타고 내려가라고 알려주었다. 다행히 모노레일 선로도 여기에서 가까우니 잠깐 기다리라며 멍청한 얼굴의 우리 셋 앞에서 어딘가 전화를 걸었다. 나중에 알고 보니 그는 등산로를 보수하는 직원이었다. 복희 씨와 올라가다가 길을 보수하는 직원들에게 수고하시란 이야기를 하고 지나친 기억이 났다. 직원 분은 전화를 했으니 조금만 기다리면 저 옆으로 모노레일이 지나갈 거라고, 그러면 세워서 타고 내려가라고 알려주었다. 정말 감사하다고, 너무 감사하다고, 우리 셋은 그분께 거듭 고개를 숙였다.

또 다른 등산객 한 분이 메고 있던 가방에서 스프레이형 파스를 꺼내 내밀었다. 다시 또 감사하다고 정말 감사하다고 말씀드렸는데, 신음을 뱉으며 조금 더 앉아 있으니 그분은 등산로 아래 쪽에서 되돌아와 우리 앞에 다시 나타났다. 속발대피소에서 가지고 왔다며 붕대를 꺼내 손수 내 발목에 천천히 감아주었다. 정상까지 올라갔다 내려온 그에게선 시큰한 땀 냄새가 났지만 나에겐 꽃향기 만큼이나 반갑고 또 고마웠다.

다른 분들의 산행에 불편이 되지 않도록 등산로 옆으로 물러나 모노레일을 기다리는데, 내려오던 또 다른 등산객 한 분이 가방을 열어 파스를 내밀었고 또 다른 분도 파스를 내밀었다. 괜찮다고, 정말 감사하다고 거듭 고개를 숙였다. 조금 창피하기도 했고 또 마음이 뭉클해지기도 했다. 역설적이게도, 주저앉은 채로 꽤나 마음이 데워졌다. 어디서든 누구에게든 불쑥 도움의 손길을 받을 수 있다니. 주저앉은 내 마음에 꺼진 줄 알았던 작은 불 하나가 켜진 것 같았다.

우리는 모르던
한라산의 불운

'정말 뭐가 내려오긴 하는 걸까?'

의구심을 품은 채 우린 등산로 옆 숲속만 바라봤다. 등산로를 따라 숲속으로 깔린 레일 하나를 보긴 했는데, 물건을 실어나르는 레일이라고만 생각했지 사람까지 실어나를 수 있는지는 꿈에도 생각하지 못했다.

신랑이 목을 빼고 숲속만 바라보는데 정말 놀이 기구를 닮은 기다란 모노레일이 기우뚱거리며 내려왔다. 신랑이 황급히 숲속으로 뛰어들어가 모노레일을 세웠고 직원 분의 부축을 받고서야 나는 모노레일에 탈 수 있었다. 환자만 수송하기 때문에 신랑과 복희 씨는 따로 내려가야 했다. 밀양 박씨들의 '투 샷'이 걱정됐지만 신랑에게 복희 씨를 잘 부탁한다고 말해놓고 나는 달그락달그락 움직이는 모노레일에 몸을 실었다.

모노레일은 사람의 발길이 닿지 않은 숲속을 천천히 내려갔다. 작은 모노레일은 수풀 속을 스치며 지나갔다. 손만 뻗으면 만질 수 있을 만큼 가까운 거리였다. 이따금 서너 걸음 멀리에서 노루가 반짝 고개를 들어 레일을 타고 움직이는 우리를 건너봤다. 듬성듬성 서 있는 나무들 사이로 뿌리를 드러내고 쓰러진 나무들도 보였다. 그 모습이 처음엔 기이하고 멋져 보이다가 그렇게 쓰러진 나무들이 계속 보이니 좀 궁금했다. 앞에 앉은 직원 분께 조심스레 물으니 그는 조용히 대답했다.

지금 한라산은 건강한 상태가 아니라고 했다. 조금만 살펴봐도 알 수 있다는 말도 덧붙였다. 둥치가 큰 나무들이 있어야 하는데 대부분 바싹 마르고 키만 큰 나무뿐이라고 했다. 게다가 땅 자체가 단단하게 뿌리를 잡아줄 수 있는 상태가 아니어서 나무가 뿌리를 깊고 넓게 내리지

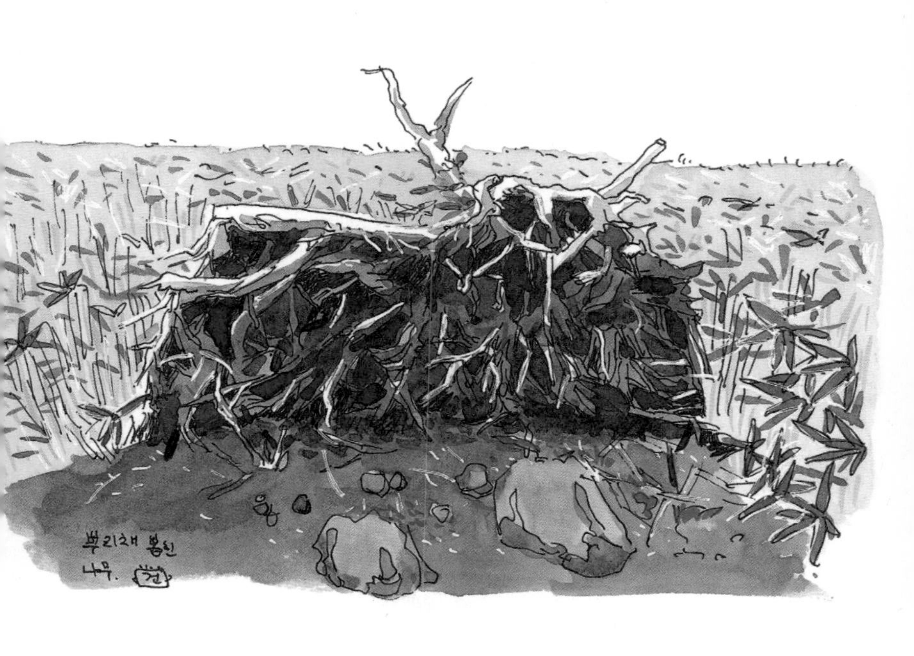
뿌리채 뽑힌
나무.
견

못해 바람이 조금 세게 불면 버티지 못하고 그대로 넘어가버린다고.

태양빛을 쫓아 나무는 키만 커지고 뿌리는 얕게 내리니 속절없다고 말하며 직원 분은 한숨을 쉬었다. 나무 주변에 섭생이라도 풍부하면 좋은데 지금 한라산은 조릿대 때문에 골머리를 앓고 있다고 했다. 조릿대가 저렇게 번져나가면 다른 식물은 자랄 수가 없다고, 한라산을 지킬 근본적인 대책이 필요하다고 그는 말해주었다.

얕은 뿌리를 드러내고 쓰러진 나무들은 계속 나타났다. 그러고 보니 정말 나무 아래에 식물들은 대부분 비슷한 종류뿐이었다. 다양한 식물군이 자리를 잡아 서로 지탱할 수 있어야 하는데, 누가 심어놓기라도 한 것처럼 계속 같은 종류의 식물만 보였다. 그 속에서 나무들은 야윈 몸체를 드러낸 채 태양빛을 쫓아 하늘만 보고 있었다. 제 뿌리가 약해지는 줄도 모르고, 바람이 불면 금세 넘어가리란 걸 알지 못한 채.

열다섯.

동광리 그리고 의귀리 마을에서

한 발짝도 걷지 않는 여행

다행히 발목은 바닥을 딛고 설 수 있을 만큼 조금씩 회복되었다. 온통 시퍼렇게 멍이 들고 퉁퉁 부어올랐지만 농구를 할 때부터 자주 다쳤던지라 상태를 어느 정도 짐작할 수 있었다. 다친 다리를 올려놓고, 제주 바람을 맞고, 따가워지는 햇살에 지지면서 지난 한 달간의 제주를 다시 생각했다. 여전히 나는 내가 여행을 온 건지, 어떤 굴을 통과한 건지 알지 못하지만 뒤죽박죽인 이 시간이 어쨌든 특별하겠구나, 잊히진 않겠구나, 그런 생각을 했다.

결국 이래저래 예정보다 일찍 육지로 돌아가기로 결정했지만 마지막 날까지 방에만 있고 싶지는 않았다. 걷지 않고 할 수 있는 여행이 있지 않을까? 멀리 가지 않고도 할 수 있는 여행이 있지 않을까? 철없이 심장은 또다시 두근댔다.

신랑에게 걷기로 계획한 마을로 차를 몰고 가 괜찮은 자리에 돗자리를 펴고 앉아 있는 여행을 해보자고 제안했다. 싫다고 말하지 않고 억지로라도 따라나서주는 우울증 신랑은 엉뚱하게도 이럴 때 큰 힘이 된다. 우리는 서귀포시 안덕면 동광리 마을로 향했다.

하얀 메밀꽃과 나란히 앉아

주민들에게 피해를 주지 않으면서 돗자리를 펴고 앉아 있을 수 있는 자리를 찾아 최대한 조용히 마을 골목 여기저기를 자동차로 돌아보았다. 관광지가 아닌 다른 마을들과 마찬가지로 인적이 드물어 사람을 만나기 쉽지 않았고 그래서 더 조용히 차를 몰았다.

마을 끝까지 차로 갔다가 산방산이 보이는 밭담을 지나 다시 이 동네 외곽의 밭길을 따라 거슬러 오르니 머리 위로 차들이 쌩쌩 다니는 터널이 보였다. 터널을 지나니 인적이 아예 끊긴 듯한 공원이 보여 '이곳에도 사람이 찾아오면 참 좋을 텐데' 하는 마음으로 차를 모는데 반대편 나무숲 너머로 새하얗게 펼쳐진 무언가 보였다. 황급히 신랑에게 차를 세우라고 말했고 절룩거리며 차 밖으로 내려섰다. 꿈결처럼 너른 메밀꽃 밭이 우리 눈앞에 하얗게 펼쳐져 있었다.

"우와, 여기다, 여기!"

우리는 메밀꽃 밭 입구에 있는 나무 아래 돗자리를 폈다. 주민들에게 폐가 되지 않으면서 아름다운 풍경과 고요를 한꺼번에 느낄 수 있는, 맞춤인 자리였다. 걷거나 움직이지 않고 할 수 있는 여행이라니, 정말 그런 게 가능할까, 나조차 의구심이 들었는데 이토록 아름답고 평화로운 풍경 앞에서라면 충분히 가능할 것 같았다.

우리는 새하얀 메밀꽃 밭 구석에 돗자리를 폈다. 신랑은 두 다리를 활짝 펴고서 낮잠을 잤다. 나는 퉁퉁 부은 다리를 쿠션 위에 올려놓고서 믿을 수 없을 정도로 아름다운 풍경을 가만히 보고만 있었다. 책이라도 읽으려고 태블릿을 챙겨왔지만 전원조차 켜지 않았다. 날아오는

복조
건

벌레들을 찡긋거리며 얼굴로만 쫓았고 움직이는 그늘을 따라 엉덩이를 옮겨야 했지만 그 모든 것이 나에겐 분명 여행이었다. 여행이 선물이라면 너무도 완벽한 선물이었다. 걷지 않고 한자리에 가만히 앉아 있는 여행이 참 좋았다. 새하얀 메밀꽃 밭과 어울리지 않는 분뇨 냄새가 나기도 했고 뜨거워진 제주 햇살에 닿을 때마다 얼굴은 찡그려졌지만 작은 메밀꽃 하나와 눈을 맞추고 그 위를 나는 흰나비를 들여다보고 있으니, 제주에 온 이후로 오늘만큼 완벽한 여행은 없는 것 같았다.

그렇게 우린 한자리에 한참을 앉아 있다가 돌아왔다. 마을 깊숙이 들어가 크고 우람한 팽나무 아래에서도 또 한참 앉아 있었다. 인사드렸을 때 너무도 환하게 웃어준 마을 어르신들이 있어 우리의 '가만히 여행'은 더 완벽해졌다.

걷지 않아도, 멀리 가지 않더라도 여행이 된다는 걸 알게 되었으니 나는 다시 또 신랑에게 '가만히 여행'을 하자고 이끌었다.

어쩌면 걷지 않아도,
멀리 나아가지 않더라도

마지막으로 우리가 정한 목적지는 서귀포시 남원읍 의귀리 마을이었다. 이번에도 '돗자리를 어디에 깔까?'라는 생각만 하며 자동차로 마을을 천천히 둘러보았다.

역시나 인적이 많지 않은 마을을 천천히 돌아보던 중 연분홍 꽃들을 가득 인 커다란 나무가 보였다. 시골길과 어울리지 않는 짙은 향기가 코를 찔렀다.

저렇게 커다란 나무에, 저렇게 아름다운 연분홍빛 꽃이 가득 필 수 있나? 판타지 영화 한가운데 들어와 있는 기분으로 나무 아래 섰다. 우리를 기다리기라도 한 듯 연

멀구슬나무.
(몽코실낭)
건

분홍빛 꽃이 가득한 나무 아래 벤치 하나가 있었다. 벤치 주변에 분홍빛 꽃잎이 눈처럼 가득 쌓여 있었다. 선물처럼 우리 앞에 나타난 벤치에 신랑과 나란히 앉으며 살짝 소름이 돋았다.

인기척이 느껴져 돌아보니 머리가 새하얀 할아버지 한 분이 계셨고, 우리에게 좋으냐고 물었다. 처음에는 그 말이 무슨 의미인지 몰랐는데 알고보니 그 나무는 할아버지가 열여덟 해 전에 심은 나무라고 했다. 그늘이 좋아 집 앞에 심은 꽃나무이고 그 자리에 앉은 우리에게 '좋으신가' 하고 물은 것.

나무 이름이 무엇인지 여쭈어보았다. 하지만 어르신의 대답은 내가 알아들을 수 있는 말이 아니었다. '몽쿠슬랑.' 더듬더듬 어르신의 말소리를 따라하니 어르신은 그게 맞다며 고개를 끄덕였지만 나는 내가 한 말을 이해할 수 없었다. 무어라 말했는지조차 알지 못했다.

상관없었다. 처음 보는 아름다운 나무의 이름이 무엇이든, 내가 틀린 말을 했든 맞는 말을 했든, 따스한 햇살에 그늘을 만들어주고 향기로운 꽃을 나무 가득 피운 것, 우리 두 사람의 여행에 근사한 선물이 되어준 그 나무가 있었다는 사실만으로 그 아름다운 꽃나무의 의미는 차고 넘쳤다.

나는 어르신께 정말 좋다고, 정말 정말 좋다고 말씀드렸다. 이런 자리를 만들고 또 허락해주셔서 정말 정말 감사하다고.

이번에도 꽃나무 아래에서 꽃향기를 맡으며 한참 앉았다가 마을에 있는 국숫집에서 점심을 먹고 돌아왔다. 국숫집은 오전 열한 시부터 오후 두 시까지 딱 세 시간만 여는 가게였다. 막국수를 시켰는데 메밀전이 같이 나왔다. 고소하고 감칠맛 나는 메밀전과 막국수를 먹으며 나에게 온 이 여행의 완벽함에 몸서리쳤다. 정말 좋다고, 정말 완벽하지 않냐고 앞에 앉은 신랑에게 물었다. 물론 나의 사랑하는 밀양 박씨 신랑은 아무 말도 하지 않았다.

열여섯.

울지 않고 헤어지기

활짝 핀 당아욱꽃 앞에서, 가족사진

제주에 올 때 신랑 그리고 복희 씨와 무슨 일이 있어도 꼭 하겠다고 다짐한 일이 있다. 바로 두 사람과 가족사진을 찍는 것. 평소에 입지 않는 옷을 입고 어색한 웃음과 포즈로 서로 곁에 바싹 다가서서 찍는, 유난히 커다란 사진 한 장. 스튜디오 사진의 꾸며진 느낌을 그리 좋아하지 않지만 나는 복희 씨와 꼭, 너무 늦기 전에 사진 한 장을 남겨놓고 싶었다. 너무 늦기 전에.

그러나 도저히 사진을 찍을 수 있는 상황이 아니었다. 신랑도 여전히 깊은 우울의 한가운데 있고, 복희 씨와 나도 풀지 못한 마음이 있었으니 사진을 볼 때마다 그 마음이 생각날 것 같아 내키지 않았다. 게다가 발까지 다쳐 제대로 움직일 수도 없는 처지였으니 역시나 가족사진은 꿈꾸지도 말아야 하는 것이었구나, 아무짝에도 쓸모없는 자책과 회의가 스멀스멀 피어올랐다.

그런데 복희 씨 집을 떠나기 전날, 퉁퉁 부은 발을 햇살에 내어놓고 마당에서 쉬는 와중에 복희 씨가 너저분한 텃밭의 풀을 뽑다가 소리를 질렀다.

"아이고야, 여기 꽃 좀 봐라! 꽃이 어쩜 이리 이쁘냐? 이리 와서 사진 좀 찍어라이!"

어차피 꽃 이름조차 제대로 알지 못하는 복희 씨는 아무 꽃이나 가리키며 "아이고, 좋다, 예쁘다!"를 입에 달고 사니 이번에도 한 귀로 흘렸는데 그가 텃밭 밖에까지 나와 어서 오라고 손짓했다. 도대체 무슨 꽃이기에 저렇게 호들갑인가, 며칠 전에 텃밭에 갔을 때는 별것 없었는데. 절룩거리며 복희 씨를 따라 텃밭에 올라섰다. 그러자 태양을 향해 핀, 내 키 만한 분홍 꽃들이 보였다.

지난번에 봤을 때만해도 키만 커다란 초록 줄기가 흉하다 싶었는데 꽃들이 이렇게 가득 매달릴 줄은 생각도 하지 못했다.

"우와, 무슨 꽃이 이렇게 가득 피었대? 이게 무슨 꽃이야, 엄마?"

"모르지 나는…. 패랭이꽃인가…. 아이고야, 참 예쁘다! 사진 찍어라, 사진!"

복희 씨는 꽃 사진을 찍으라는 말이었겠지만 나는 낮잠을 자고 있는 신랑을 불렀다. 부스스한 모습으로 신랑이 나타났고 나는 신랑과 복희 씨를 나란히 세웠다. 신랑에게 휴대전화를 넘겨주고 나도 복희 씨와 나란히 섰다. 그리고 진분홍빛 꽃 무더기 한가운데 복희 씨 혼자만 세웠다. 다시 또 내가 가서 복희 씨 옆에 서고 갖은 웃기는 짓들을 하며 우린 사진을 찍고 또 찍었다. 너무도 화려하게 꽃을 피운 이름 모를 진분홍빛 꽃 앞에서, 활짝 핀 꽃들 앞에서, 우리 가족은 큰소리로 웃으며 진짜 가족사진을 찍었다.

마당에서
모녀.

장모와
사위. 마당
에서.

나중에 찾아보니 우리가 사진을 찍은 그 꽃 이름은 '당아욱꽃'이고 꽃말은 '어머니의 사랑'이었다.

제주 바다에,
이제야 발을 담갔다

바다에 발을 담갔다. 제주에 내려온 지 사십여 일 만이다. 처음이자 마지막이었다. '바닷물이 원래 이렇게 미끄덩거렸나?' '퉁퉁 부은 발목에 바른 파스 때문인가?' '부은 발에 소금물이 닿아도 괜찮은가?' 투명한 바다에 발을 담근 순간, 다시 또 너무 많은 생각이 뒤엉켰다.

'그만.'

이제 그만. 이토록 아름다운 바다를 앞에 두고 그 모든 쓸데없는 생각들은 그만. 바다 너머에서 생긴 일들 그만. 바다 앞에 바보짓 그만.

점심을 먹고 오후나 되어서야 집을 나서겠다고 말했지만 복희 씨는 아침부터 분주했다. 다 비워버린 짐 가방 안에 이것저것 쑤셔넣기 시작했다. 얍통머리 없는 나는 엄마가 무언가 집어넣으면 빼고 집어넣으면 또 빼기를 반복했다.

"필요 없어요! 뭘 이런 걸 가지고 가!"
"아, 자동차 있으니 싣기만 하면 되는 거 아니냐! 가지고 가!"
"아이고, 됐어요, 됐어!"
"김치는?"
"됐어, 김치 안 먹어! 우린 사다 먹는 김치가 제일 맛있어!"

오래전에, 그러니까 어릴 때 헤어졌다가 다시 만난 복희 씨에게 김치 한 통을 받은 적이 있는데 그 김치를 고

비양도
협재 바닷가에서...
건

스란히 창고에 처박아두었다가 탈탈 털어 버린 적이 있다. 내 입맛은 이미 사다 먹는 김치에 맞춰져 있어 짜기만 한 그의 김치가 입맛에 맞지 않았다. 결국 복희 씨는 돌아가는 길에 배 안에서 라면과 같이 먹으라며 작은 플라스틱 통에 겉절이 한 줌을 담아주었다.

"가을에, 다시 올게요."

"그러자, 그때는 오름 가자, 오름! 박 서방도 잘 살고…. 아무 걱정 말어! 그냥 즐겁게 살아, 즐겁게!"

복희 씨가 해줄 수 있는 말은 고작 이뿐이지만 하지 못한 말이 많다는 걸 안다. 그의 말대로라면 못 배우고 못난 어미라 똑같은 말을 반복하는 것 말고는 해줄 수 있는 게 없다는 것을.

이번에 내려와 설치한 에어컨 리모컨 작동법을 복희 씨에게 알려주고, 전기세 아깝다는 생각 말고 이제 맘껏 트시라고 당부했다. 버스 탈 때 항상 조심해서 다니고, 돈 흘리지 않도록 일어난 자리를 항상 돌아 살피고, 주머니를 살피고, 마스크는 꼭 하고 다니라고 계속 잔소리를

요긴하게 잘 먹은
장모님표 김치.

장모님과
이별 포옹.

덧붙였다. 무슨 일 있으면 언제든 전화하고, 무슨 일 없더라도 전화하고, 금방 또 보자고 킬킬댔다.

복희 씨와 헤어질 때 무슨 일이 있어도 절대 울지 말아야지, 나는 다짐했었다. 다행히 눈물은 나지 않았다. 복희 씨와 웃으며 포옹하고 복희 씨와 신랑이 포옹하는 모습을 바라보았다. 엉뚱하게도 두 사람이 포옹하는데 코끝이 시큰했다. 으이그, 징그럽도록 사랑스럽고 사람 좋은 밀양 박씨들. 너무나도 소중한 나의 밀양 박씨들.

우리 여행의 이름은

그렇게 두 달을 계획했다가 사십 일로 줄어버린 우리의 제주 살이는 끝이 났다.

제주에서 고흥으로 돌아오는 배편에는 승객이 꽤 들어찼고 우리는 제주로 가던 배 안에서 먹은 라면 맛을 잊지 못해 다시 시켜 먹으려 했지만 너울도 없이 배가 너무 빨리 도착해 주문 때를 놓쳐버리고 말았다.

복희 씨는 "다리는 괜찮으냐"라고 묻는 전화를 여러 번 해왔고, 신랑은 집에 도착하고 짐을 푼 뒤 허리를 삐끗해

일주일 넘게 제대로 움직이지 못했다. 퉁퉁 부은 다리를 질질 끌며 나는 짐을 마저 풀고 사십 일간 비워둔 집안을 정리했으며 누운 자리에서 꼼짝하지 못하는 신랑을 일으키려다가 결국 실패했다.

제주에서 찍은 사진을 살펴보다가 포털 검색만으로 꽃 이름을 알 수 있다고 해서 뒤늦게 복희 씨 집 마당에 있던 꽃들의 이름을 모두 찾아보았다. 생전 처음 들어보는 이름의 꽃이 어디서 어떻게 복희 씨 집 마당까지 들어온 걸까, 궁금해졌다.

두 번째 '가만히 여행' 장소였던 의귀리 마을의 거대한 꽃나무 이름은 끝내 찾지 못해서 SNS에 사진을 올려 온라인 친구들에게 물었다. 누구는 라일락이 아닐까 추측했고 그 외에 정향나무, 이팝나무, 산딸나무, 회화나무, 오동나무까지 갖가지 나무 이름이 온라인 댓글 창에 가득 달렸다. 그중에 마지막 한 분이 '멀구슬나무가 향이 아주 곱습니다'라고 달아준 댓글을 보며 '이거 정말 비슷하네' 싶었지만 여전히 확신이 서지 않았다.

그러다가 어르신이 했던 말을 떠올렸고 "몽쿠슬랑? 몽쿠틀랑?" 하며 중얼거리다보니 '낭'이란 제주식 표현이

마당 청소

'나무'라는 뜻인 것이 생각났다. 멀구슬, 몽쿠슬…. 정말 비슷하다고 생각했는데 다른 분이 그 어르신이 했던 말은 '몽코실낭'이라고 알려주었다. 멀구슬나무가 맞다고. 그 이름이었구나. 판타지처럼 눈앞에 나타난 그 여행의 선물.

그러나 아직 우리 여행의 이름은 찾지 못했다. 너무도 많은 일이 일어났고 너무 많이 울었고 너무 많이 설레었던 그 여행의 이름을 앞으로도 찾지 못할 것 같다. 물론 조금도 상관없다.

해질 녘 바닷가.

저공비행 중이지만

제주에 다녀온 뒤로 다섯 달이 지났다. 여전히 우울증 때문에 힘들다가 다시 힘을 내어 책을 읽고 그림을 그리고 사람을 만나고 드로잉 수업을 하기도 한다. 남들은 다들 부러워하는 제주 살이를 하면서도 나는 왜 재미있게, 행복하게 지내지 못하였을까. 장모님에게 더 살갑게 애교도 부리고 함께 여기저기 다닐 수도 있었을 텐데. 우울증 때문에 힘들었다고는 하지만 지나버린 시간이 아쉽고 씁쓸한 것은 사실이다. 어느 날 갑자기 이야기도 없이 내가 사라졌을 때 짝지와 장모님은 얼마나 무섭고 겁이 났을까. 다행히 큰일은 나지 않았지만 그때 통화로 들은 짝지의 흐느낌은 다시 생각해도 미안하다.

우울했던 제주 살이에서도 좋았던 경험이 몇 가지 있다. 첫 번째, 다랑쉬오름에 올랐을 때다. 짝지는 호흡이 달려 오르막 오르는 것을 힘들어하는데, 짝지의 느린 걸음에 맞춰 투덜대며 걷다가 다랑쉬오름 정상에 올랐을 때 느낀 상쾌함을 잊을 수 없다. 제주에서도 높이로 손꼽히는 오름이라 그런지, 아래로 내려다보이는 풍광이 정말 멋졌다. 처음 오른 오름에서 이만한 희열을 느끼다보니 다른 오름도 올라가보면 어떤 기분일까, 호기심이 일기도 했다. 오름 위에도 한 바퀴 돌 수 있도록 나 있는 길은 걷는 걸음마다 풍경이 달라서 더 멋졌다.

두 번째는 장모님과 함께한 한라산 등반이다. 더 나이 드시기 전에 등반 경험을 선물해드리자는 마음으로 같이 올랐다. 물론 정상까지는 시간이 허락지 않아 오르지 못하고 진달래밭대피소까지만 올랐다. 그래도 왕복 여덟 시간은 걸렸으니 일흔 둘의 어른에게는 큰 도전이었다. 장모님도 등반 경험이 뿌듯했는지 친척에게서 전화가 왔

을 때 한라산에 다녀왔다고 자랑하셨다.

마지막으로 책 작업에 집중하기 위해 제주의 한 게스트하우스에서 팔 일간 머문 시간이 좋았다. 그림 작업을 많이 하지 못하고 늘어져 있었지만, 사장님은 전혀 간섭하지 않으며 우리가 푹 쉴 수 있도록 배려해주었다. 저녁마다 큰 스크린으로 영화를 볼 수 있었는데, 매일매일 오늘은 무슨 영화를 상영하는지 여쭤보고 영화를 재미있게 감상했다. 숙소 앞에는 길고양이들이 들락거리는 장소가 있었는데, 태어난 지 얼마 안 된 새끼 고양이들이 그곳에서 아장아장 걸어다니는 모습이 예뻤다.

코로나19로 인해 이젠 어디를 마음껏 다니지 못하는 세상이 되었다. 장모님은 일본에 온천 여행 한번 가보고 싶어하시는데, 언젠가 코로나19가 없어지면 장모님을 모시고 일본 여행을 다녀오고 싶다.

다음에 또 제주에 놀러 가면 덜 괴로워하며 지내다왔으면 좋겠다.

매번 책을 낼 때마다 힘들었는데, 이번에도 큰일(?) 없이 책이 나온 것은 모두 짝지의 공이다.

박조건형